ジャベリン・ゲーム

サッチョウのカッコウ

田村和大

ハルキ文庫

角川春樹事務所

目次

序章　カッコウ、孵《かえ》る

1

「到着したな」

案内表示板を見つめるミルズが呟《つぶや》いた。ネイビーブルーのスーツはセビルロウの老舗《しにせ》で仕立てた自慢の品で、熊《くま》のような体を形良く整えて見せている。

隣で壁によりかかっていたラーウィルは背を離し、周囲を見渡した。

土曜日の午後十時を過ぎた国際線到着口は閑散としていて、同じくアメリカン航空一三五便、J・F・ケネディ国際空港発羽田《はねだ》空港行の到着を待つ人間がちらほらといるばかり。モンゴロイドはその半分程度で、白人のスーツ二人組というラーウィルたちも周囲から浮かずにすんでいる。

「不審者はいません。このまま待ちますか」

ラーウィルの問いにミルズがうなずく。普段はうるさいほど快活な上司だけに、いつもより老けて見えた。無理もない、とラーウィルは上司に同情する。いくらメールで訃報を伝えたとはいえ、機上で未亡人となった女性に初めてお悔やみを述べる人間となるのだ。アメリカ合衆国中央情報局《CIA》東京支局長ガイ・ミルズといえども、気の重い任務に違いない。

「きみは彼女と面識はあったか？」

「こちらに赴任する前、二回ほど特別講義を受けました」

「そうか、二回だけか……私がファームにいたころ、彼女は極東クラスの教官だった。若く美しくてね。ほとんどの受講生は彼女より年上だったが、皆すぐに彼女が教官で自分らが生徒だと納得したものだ。飛び級で大学を卒業してカンパニーに就職、その当時すでに熟練の分析官で、講義は素晴らしかった。東ヨーロッパに劣らぬ複雑怪奇な極東情勢を、解剖医が腑分《ふわ》けするように読み解き、これが『極東の予言者』かと唸《うな》ったよ。すぐに上級分析官となり、以来、数十年にわたって極東部門分析官の首席の座にいる」

ミルズは珍しく感傷に浸っているようだが、部下にしてみればその感傷がいささか煩《わずら》わしい。ラーウィルは「しかし次官や部長、室長にはなっていない」と茶化してみた。果たしてミルズは振り返り、色付きメガネの下からラーウィルを見据える。

ミルズの瞳《ひとみ》は綺麗《きれい》なベビーブルーだが、チョコレートの色付きレンズで今はブラウンに見える。茶色の瞳のほうが日本人に警戒されにくいとミルズは信じていた。

「出世していたら民主・共和の政治闘争に巻きこまれ、分析官であり続けることはできなかったろう。彼女は名声よりも、分析官としてカンパニーと共にあることを選んだのだ」

その声に含まれる畏敬の念に、ラーウィルは軽口を叩《たた》くのを止《や》めた。

「来ました」

到着出口から出てきたベロニカ・ノートンは、動物愛護団体が見たら目を剝《む》きそうな毛足の長い毛皮のコートを着ていた。膝下《ひざした》まで丈があり、冬とはいえ建物の中では暑そうだ。袖から伸びた手には革のバッグが握られているが、装飾具の古びが持ち主を成金趣味には見せていない。

撫《な》でつけるように整えられたプラチナブロンドのショートヘアは、十四時間を超える飛行機の旅にも乱れはなく、細い眉《まゆ》の下で大きなトパーズ色の瞳が輝きを放っている。伴侶《はんりょ》の死を知らされたにもかかわらずその瞳に悲しみの痕《あと》はなく、異様なほど澄んだ光を湛《たた》えていた。

強い女性だ、とラーウィルは印象を新たにする。

人の流れが緩んだところでミルズが近づき、両手を広げる。

「ミズ・ノートン、お久しぶり」

「お久しぶり、ミルズ支局長。ベロニカで結構」

ベロニカはミルズに形だけの抱擁《ほうよう》を許すと、すぐに体を離した。

ラーウィルは二人を目の片隅に留《とど》めつつ広場全体を見渡し、二人に注目している人物がいないか警戒を続ける。二人の会話が辛《かろ》うじて耳に届く。

「だったら私のこともガイと。ベロニカ、東京支局長として、悲しいお知らせを伝えなければならない。まさか武田《たけだ》教授が……」

「ガイ、メールは機内で読みました。申し訳ないのだけれど、ここで立ち話をするより、早く家に行きたい。要請したとおり、彼はまだ自宅にいるのでしょう」

「イエス、マム。遺体も現場もそのままにしてある。本当にその……見るつもりか？」

「悲しみの時間は機内ですませました。今は一刻も早く、より多くの情報を集めることが重要」

「わかった、すぐに向かおう。ご子息も保護している」

駐車場に向けて歩き始めた二人を、周囲に目を配りながら一定の間隔を空けてラーウィルは追いかける。

「息子が……」

歩きながら、ベロニカが初めて躊躇《ちゅうちょ》する素振りを示した。

「第一発見者というのは間違いない？」

「私が確認した。ご子息は、大使館のカンパニー専用番号に電話をかけてきた。『父が、武田長博《ながひろ》が殺された。父の妻、つまり僕の母はベロニカ・ノートン』。すぐに当直から私に連絡があり、私はラングレーに第一報を入れた。きみがちょうど日本行きの国際線に搭乗していると聞き、緊急メールの手配を依頼した」

二人がターミナルから出ると、ラーウィルは道路の片隅に停《と》めておいたSUVに走り、車両の下を覗《のぞ》き異常がないことを確認してから運転席に乗りこむ。違法駐車だが、外交官ナンバーをつけたこの車両が取締りにあったことはない。ガイ・ミルズは在日アメリカ合衆国大使館参事官の公的偽装身分《オフィシャル・カバー》を持っている。

二人の前に車を付けると、ミルズが後部ドアを開け、ベロニカが乗りこむ。ルームミラーの中で目が合った。

「元気そうですね、ラーウィル情報官」

「お久しぶりです、ノートン上級分析官。お悔やみ申し上げます」

ベロニカは首を振ったが、それが返礼なのか、それとも大したことではないといっているのかラーウィルには判別できなかった。

――極東の予言者。伴侶を亡くしても予言者は泣かないのだろうか。

ミルズが後部ドアを閉め、助手席に乗りこむ。

「エド、武田邸へ」

ラーウィルは首都高速に向けて車を走らせた。

「それで」

ミルズが首を捻《ね》じって後ろを見た。

「これで、『クロー・ハンマー』作戦は終わり?」

ベロニカの視線が首筋に刺さるのをラーウィルは感じた。

「大丈夫、彼は数日前に機密資格をクリアし、クロー・ハンマーについて知ってもよい立場にある。実際のところ、間もなく私は離任する予定でね、エドは支局内で昇格する。何年後かにはどこかの支局長だろう、な、エド」

昇格の話は、どんなに信ぴょう性があるように見えても実現するまではわからない。ラーウィルはあいまいな笑みを浮かべるにとどめた。

「ラングレーに帰って、どうするの」

「定年までファームの教官をしようかと思っている」

ベロニカがため息をついた。「教え子が定年の話をするようになったのね」

「分析官と違って情報官の寿命は短い。帰国後の生活について話したいことは山ほどあるが、まずはクロー・ハンマーについて話そうじゃないか。なんとか延命できないか」

「残念ながら、クロー・ハンマーはお終《しま》い。夫はクロー・ハンマーの要《かなめ》だった。彼が亡くなった以上、作戦は続行できない」

「代役を立てられないのか」

「彼のような人が他にいると思って？」

夫を軽んじられたと感じたのか、ベロニカの口調がきつくなる。

「すまん……教授を亡くしたばかりなのに、こんな話をして。しかし、あまりに惜しい」

「クロー・ハンマーは、日本の公安内部に張り巡らされたロシアスパイ網の壊滅を第一の目的とする作戦。本来なら、公安が自らすべき防諜《ぼうちょう》活動よ。これ以上、私たちが深入りしなくていい」

「だが歴代大統領は作戦の我が国への有益性を認め、だからこそ政権が代わっても続行されてきた」

中断するのは惜しい、とミルズはふたたび呟く。

繰り言に堪《た》えかねたのか、ベロニカは吐き捨てるようにいった。

「ここにきて夫が殺されたのは、情報が漏れたから。いや、ずっと前から漏れていたのかも」

「ここにきて、というのは、あなたの来日と関係があるんですか」

ラーウィルはフロントガラスの向こうを見たまま口を挟んだ。

「夫は、ついに公安内のロシアのエージェントと接触できそうだったの。私も立ち会う予定だった」

「それを妨害するために教授は殺されたんですね。ならば犯人はロシアの刺客だ」

「メールで見た、夫の傷……似たような傷は、東欧の幾つかの殺人事件でも見つかっている。被害者は、すべてロシアからの亡命者だった。ガイ、あなたも知っているでしょう」

「チャイナリングを使う暗殺者、ジョヌグリュールか。実在するとは思っていなかった。

ましてや日本にいるなどとは」

「ジョヌグリュール？　不思議な響きの言葉ですね」

「ロシア語で、曲芸師、という意味だそう。チャイナリングは、ロシア対外情報庁《SVR》の暗殺器具。どちらもイギリス秘密情報部《MI6》が命名したと聞いてるわ」

「忌々《いまいま》しい、もう少しで作戦は成功するはずだった。だからこそ私は惜しんでいるのだ。これは、きみが立案した作戦だろう」

「後悔してる」ベロニカの声が曇る。

ラーウィルがルームミラーを覗くと、極東の予言者は憂いを帯びて窓の外を見ていた。

「あの人を巻きこんで、本当に後悔してる」

2

武田邸は、邸宅というには小さな二階建て住宅だった。庭も狭く、ただ両隣と裏の建物との間には薄いながらも背の高い植栽があり、外からの視線を遮っている。

左右の建物は瀟洒《しょうしゃ》なマンションで、いずれも一〇戸に満たない小規模なものだ。その右隣の二階の一室、武田邸に面した住戸をＣＩＡはセーフ・ハウスとして借りていて、ベロニカと武田長博の息子、穣《じょう》・タケダ・ノートンはそこに保護されていた。

しかしベロニカは、息子と会うよりも現場を見ることを優先した。セーフ・ハウスのあるマンションの駐車場にSUVを駐車し、三人は歩いて隣の武田邸に向かう。ベロニカが先頭に立って小さな門を通り、ミルズ、ラーウィルの順に続く。門を過ぎると二、三歩で玄関ドアだ。

いつ来ても、小さな家、という印象をベロニカは拭《ぬぐ》えない。日本では標準的らしいが、ノートン家がニュージャージー州に保有する邸宅に比べれば二十分の一以下だ。それをいうと、長博は、いつもの穏やかな笑みを浮かべて反論したものだった。

「合衆国の国土面積は、日本の国土面積の二十六倍だ。ノートン邸の建坪がうちの建坪の二十倍なら、武田邸はなかなか健闘していると思わないか」

学者然とした長博の顔がまざまざと甦《よみがえ》り、ベロニカは玄関のノブを摑《つか》んだまま動くことができなくなった。

死体は玄関を上がったところで見つかったという。ならばこのドア一枚隔てたところに、精神と魂が失われ肉と骨と化した長博が横たわっていることになる。

「マム、大丈夫ですか」

ラーウィルの声には衷心からの気遣いが籠《こも》っている。信用に足る男かもしれない、とベロニカは思った。

「大丈夫よ」

ベロニカはノブを回したが、鍵《かぎ》がかかっていた。

ベロニカの横に立ったミルズがドアに向かって「私だ」と声をかける。小さな前庭に面した腰高窓のカーテンが少し揺れ、しばらくして解錠音が聞こえた。

ミルズがベロニカにうなずいて一歩下がり、ベロニカは意を決してドアを開けた。

沓脱《くつぬぎ》、框《かまち》、マット、廊下とともに、倒れている成人男性の死体が目に入る。うつ伏せで、頭を廊下の奥へ向け、足は沓脱にかかっていた。

ベロニカは、倒れた体をなぜ死体と認識したのか、自らに問う。首だ。あのような首の形状で、生きていられるわけがない。考えながらそのまま意識が遠のきそうになる。

「ミズ・ノートン」

ラーウィルが腕をつかんでベロニカを支えた。

「気分がすぐれないようなら、出たほうがいい」

「ありがとう、大丈夫、仕事をすませましょう」

廊下にスーツを着た黒人と白人のペアが立っている。靴にはゴム製のオーバーシューズを付けていた。ミルズの合図で家を出ていく。

ベロニカは死体の傍らで腰を屈《かが》めた。

死体は、顔の右側をやや上に向けている。その横顔は、長博のものだ。思ったよりも安らかな顔であることが、ベロニカの心をほんの僅《わず》かに慰めた。

「武田長博教授に、間違いありませんね」

ラーウィルの問いにベロニカはうなずき、沓脱に足を投げだす姿勢でマットの上に腰を下ろした。ミルズたちからは力なく崩れ落ちたように見えたかもしれないが、構ってはいられない。長博の首を観察するには、この姿勢が最も適している。

長博の首まわりを仔細《しさい》に観察する。あごの付け根から後頭部を回ってぐるりとハーフインチの幅でへこみがついていて、まるで鋼鉄のリボンで縊《くび》られたかのようだ。それでいて出血はない。さらに観察すると、リボンの上方、つまり頭側のほうがより深くへこんでいるように思えた。

「そう、奇妙な痕です。おそらく、まず頸動脈《けいどうみゃく》が締められ頸動脈洞反射、この国の柔道でいう『落ちる』状態になり、武田教授は気を失った。苦しむことはなかったでしょう」

ラーウィルの口調は穏やかで、ベロニカは先ほどと同じいたわりを感じた。

「あなたには医学の知識が？」

「いえ。分析官をお待ちしている間に、軍の医師に検視させました。鑑識もすでに行なっています。日本の警察が来る前に、できるだけ情報を集めておこうと」

「日本の警察による捜査は望みません」ベロニカに迷いはなかった。「基地に収容し、軍の病院から病死として届け出てください」

「そうなると、犯人逮捕は難しい」

ベロニカは長博の傍らに腰を下ろしたまま、ラーウィルを見上げた。

「犯人逮捕よりも情報管理を優先すべき。クロー・ハンマーが日本の警察に知られると、まずい立場に置かれる人が出てくる」

ベロニカの言葉が意味するところを理解し、ラーウィルは驚いた。

「クロー・ハンマーは、日本の承認を受けていないんですか。公安内部のスパイを摘発する作戦なのに」

ベロニカがミルズを見ると、話してくれ、とでもいうように右の手のひらをラーウィルに向けた。

「クロー・ハンマーの発端は、公安のある人物から長博にもちかけられた、個人的な相談だったの」

「個人的な？　ありえない。他国の諜報《ちょうほう》機関への協力要請は、どこの国だって長官決裁のはずだ」

「公安にロシアのスパイがいると考えたその人は、恩師である長博に相談を持ちかけた。その人は長博が我が国に繋《つな》がっているとうすうす感じていたらしいけれど、確信はなく、だから当初はあいまいな、摑みどころのない何とも奇妙な相談だったそう」

「恩師ということは、その人は武田教授の教え子？」

「そう。長博のもとで東ヨーロッパについて学び、警察では当然のように公安に配属された。そして警視庁と、その上部機関である警察庁に、ロシアに通じている人間がいると気づいた」

「あなたはその人物に会ったのですか」

「ええ。事の深刻さに気づいた長博が、私に会うよう勧め、私は情報部長の許可を得て面談した。結果、その人の危惧《きぐ》は正当だと判断し、そう部長に報告した。同盟国の防諜機関が汚染されているのは見過ごせない。情報本部《DI》は作戦本部《DO》と連携をとり、私が作戦を立案した」

「それがクロー・ハンマーですか。もし作戦が日本側に知られれば、公安にいる武田教授の教え子の立場が悪くなる。だから教授の殺害について日本警察に捜査されるわけにはいかない」

長博の横顔にベロニカはふたたび視線を落とした。

——ごめんなさい、あなたの仇《かたき》は討ちたいのだけれど……

ベロニカは、長博の頰《ほお》を右手の薬指の背でそっと撫でた。

3

リビングに繫がるドアが開く音に、武田穣は両膝に埋《うず》めていた頭をゆっくりと上げた。

自宅隣にあるマンションの一室、ベッドだけが置かれた六畳ほどのフローリングの部屋で、穣はマットレスの端に腰かけていた。

灯《あか》りが点《つ》き、眩《まぶ》しさに目を細める。ベロニカが一人で部屋に入ってきた。

「母さん、父さんが……」

立ちあがった穣をベロニカが抱きしめる。穣は腰をかがめ、顎をベロニカの肩に乗せる形になった。途端に、それまで押し殺していた感情が溢《あふ》れでる。

玄関で倒れている長博を見たとき、穣は腰が抜けたかのようにその傍らにしゃがみこみ、しばらく動けなかった。死んでいるらしいこと、それも殺されたらしいことは異様な首の形から何となくわかったが、息を確かめるとか、心臓マッサージを行うとか、あるいは犯人が家の中に潜《ひそ》んでいるかもしれないとかいったことはまったく思い浮かばなかった。思い浮かばない、というより、思考が停止していて何も考えられなかったというのが正しい。

どれだけの時間が過ぎたのかはわからない。やがて穣は、少しずつ理性を取り戻し、父の鼻に手を近づけて息をしていないことを確かめ、恐る恐る父の背中に耳を押し当てて心音が聞こえないことを確認した。

そして、何か取り返しがつかないことが自分の人生に起きたという現実を理解した。

ベロニカは仕事の都合で長くは合衆国を離れられないことから、穣は父とこの家で二人で暮らしていた。高校生の穣は、大学教授という職にふさわしい、穏やかで思慮深い父親を尊敬しつつもどこかで軽んじてもいて、象牙《ぞうげ》の塔に籠る父親より、シンクタンクで働き大企業の相談にのっているというコンサルタントの母親に一目置いていた。

しかし永遠の別離から数分と経《た》たぬうちに、穣は長博の庇護《ひご》の強さ、ありがたさを悟っていた。

穣は靴を脱いで家に上がると、リビングに置いてある電話機へと向かった。

「もし自分に何かあったら」高校生になったとき、穣は長博から教えられた。「この電話機で短縮99にかけ、何があったかを話すんだ」

穣は半ば思考停止が続いたまま受話器を取り上げ、短縮ボタンとダイヤルキーを押した。

Helloの挨拶《あいさつ》を聞き、穣は英語で喋《しゃべ》った。

「僕は穣・武田・ノートン。父が、武田長博が殺された。父の妻、つまり僕の母はベロニカ・ノートン」

母親の名を伝えたのは、英語に触発されたからかもしれない。

十分以内に人が行くのでそこで待つようにといわれ、実際に電話を切ってきっかり十分後にエドマンド・ラーウィルという父の友人を名乗る白人が現れ、穣はこのマンションに連れてこられた。

穣の中で吹き荒れた感情の嵐は長い抱擁のなかで収束に向かっていた。ベロニカがようやく穣を解放する。母親は穣の頬を左手でゆっくりと撫でた。

「もう大丈夫よ」

母親は、日本語を使った。いつもは英語で話す母の日本語に穣は違和感を覚えたが、同じく日本語で捲《まく》したてた。

「いったい、どうなってるの。リビングの男は『母親が来るまで待て』と言うばかりで、外に出してくれない。携帯も取り上げられてる。父さんの遺体は？　警察は？　第一発見者なのに、話も聞かれてない」

「落ちついて、穣。座りましょう」

ベロニカは穣の両手を取り、並んでベッドに腰かけた。

「警察は、来ない。殺人事件の捜査は行われない」

穣はまず母の正気を疑った。だが、ベロニカの瞳は理性を保っている。ひょっとして、母は日本の警察制度に疎《うと》いのだろうか。

「母さん、日本では重大事件は必ず捜査される。僕も詳しいわけじゃないけど、テレビドラマ程度の知識はある。捜査一課というところが捜査するんだ」

「そのとおりよ。でも、この事件は違うの。私たちの世界では、捜査されない事件もある。特に今回は、あなたの処置が的確で、警察より先にカンパニーが事態を把握できた。だから、という訳ではないけど、この事件は捜査されない。少なくとも世間がわかる形では」

「ちょっと待ってよ母さん、意味がわからない。私たちの世界？　カンパニー？　どういう意味？」

ベロニカはいったん視線を逸《そ》らしてからすぐにまた戻し、正面から穣の目を見つめ、握った手に力を込めた。

「私たちの世界、というのは諜報の世界。カンパニーというのは、ＣＩＡのことよ」

共に過ごした時間はそこらの親子より短いかもしれないが、それでも母が、夫を亡くしたときに不謹慎な陰謀論を唱えるような人間ではないと穣は理解していた。だが、その母親への信頼をもってしてもなお、ベロニカの言葉はにわかに信じられなかった。

「……母さん、父さんが死んだんだよ」

「穣、聞きなさい。私はＣＩＡの分析官なの」

「分析官？　コンサルタントではなく？」

ベロニカは穣を見つめたまま首を振る。

「分析官というのは、収集された情報を分析し、危険や利益の度合いを評価し、レポートを作成して提出する仕事。企業向けのコンサルタントがやっていることとあまり違いはないかもしれないけど、情報の出所が工作員《エージェント》と呼ばれるスパイだったり、提出する相手がＣＩＡ長官や大統領だったりする」

「つまり、母さんはＣＩＡの職員ってこと？」

「僕が生まれてからずっと？」

「そう」

「父さんは知ってた？」

三度目は、ベロニカはうなずくだけで済ませた。

「ちょっといいかな」

ドアから英語で声がかかり、二人は顔を向ける。体の大きな、穣が初めて見る白人男性が立っていた。

「親子で過ごしているところ、申し訳ない。だが機密資格《セキユリテイ・クリアランス》は守ってくれ」

「機密情報は話してないわ」

「自分がＣＩＡ職員であると話していたんじゃないのかね」

母が日本語を使っているのは、他の人間に聞かれるのを防ぐためだったと気づいた。

「家族に対してＣＩＡ職員だと話すことは許可されている」

「そのとおり。だったら、具体的な職務内容や従事業務について話すには、特別の許可がいることも知ってるだろう。今、自分が分析官だと話してなかった？」

「コンサルタントのような仕事だと説明しただけ。機密情報を漏らすつもりはない」

「オーケイ、ただそれだと、武田教授が亡くなった理由を説明できないのではないかね」

「余計なことを言わないで！」

ベロニカが鋭い声を出す。だが、穣は男の言葉を聞き逃さなかった。

「父が亡くなった理由？」

ベロニカが穣の両手を引っ張った。「あの男の言うことは無視して」

穣は、ベロニカの手を引っ張り返した。「父さんが殺されたのは、母さんがＣＩＡ職員であることと関係が？」

「ベロニカのせいじゃないぞ、言っておくが。武田教授は、ベロニカと出会う前から我々のエージェントだった」

「ガイ・ミルズ、黙りなさい！」

「父さんが、ＣＩＡのエージェント……」

穣には、ベロニカがＣＩＡ職員だと知った以上の衝撃だった。あの穏やかで、声を荒げたこともない父が、まさかスパイだったとは。

穣はベロニカの手を外し、両手で頭を抱えこんだ。ベロニカは立ちあがり、目を吊《つ》り上げてミルズに詰めよる。

「どういうつもり、息子に教えるなんて。機密資格の話はどこにいったの」

「だからさ」

ベロニカの形相に怯《ひる》むことなく、ミルズは両腕を広げた。

「私は東京支局長として、情報の管理権限がある。私が許可すれば、きみは武田教授の亡くなった理由をご子息に説明することができるんだよ」

「だからといって、なぜ今言うの！　息子は遺体を見たばかりなのよ！」

「今しか機会がないからだ」

ミルズはベロニカの体をそっと腕で押しのけ、その巨体を部屋の中に進めた。

「穣、きみは父親が亡くなった理由を知りたくはないかね」

「もちろん知りたい。父はＣＩＡのスパイだったから殺された、そうですね」

「単にスパイだったから殺されたわけじゃない。ある作戦が関係している」

「作戦？　どんな作戦なんですか」

「残念ながらそれは明かせない。作戦内容は、高度の機密資格を有している者しか知ることができないんだ。ただ、きみが知りたいなら方法はある。カンパニーに入ればいい」

「ガイ、息子は十七歳なのよ」

「きみが入局したのも十七歳だった。飛び級で大学を卒業してからすぐ」

「息子はこれから大学に行く。勧誘なら、卒業するときにして頂戴《ちょうだい》」

「それでは遅いんだよ。穣、今のきみは我が国にも日本にも国籍がある。だが、日本の法律では二十歳《はたち》になればどちらかを選択しなければならない。一方で、アメリカの法律では一生、二重国籍でも構わない」

ベロニカが蒼褪《あおざ》める。「まさか……」

「かつてきみが提案した計画の一つだ。組織に直接、CIAの情報官を送りこむ。CIAの内規で情報官が直接スパイ活動を行うのは禁止されているし、潜入する情報官にとっても危険性が高いとして見送られたが、ここにうってつけの人材がいる。今から訓練を積み、大学卒業時に日本人として警察に入る」

ベロニカの顔は血色が戻らないままだ。

「つまり、どういうことなんです？」

「きみには二つの選択肢がある」

ミルズは少し視線を落としてから、おもむろに右の拳《こぶし》を突きだした。

「一つは、今すぐCIAに入局し、アメリカの大学に通いながら、CIA職員として訓練を受け、父親の後を継いである作戦に従事する」

次いで左の拳を突きだす。「もう一つは、このまま日本に残り、父親の死の真相を知ることなく一生を過ごす」

ミルズの大仰な仕草に穣は笑った。

「映画の見過ぎですね、拳の中には赤と青の飲み薬が入ってるんですか」

ミルズはなおも両手を突きだす。

穣は笑うのを止め、跳ねるように立ちあがるとミルズに迫った。拳を手で払い、胸に人差し指を突き立てる。

「いいか、僕は今日父親を亡くした。首《くび》が括れた悲惨な死体を見つけたんだ。それなのにあんたは仕事の選択を迫るのか。クズめ」

自分よりも高い位置にあるミルズの目を睨《にら》みつける。だが、ミルズは怯まない。

「いいね、ガッツがある。そう、私はクズかもしれん。しかし国に忠誠を誓ったクズだ。何と言われようが、国益のかかった提案を引っこめるつもりはない。今、ここで決めろ。ここで躊躇《ためら》うような人間に、しょせんスパイは務まらん」

ミルズは肘《ひじ》で穣を押し戻し、その眼前にふたたび両の拳を突きだした。

穣は、ミルズの向こうに立つ母親を見た。ベロニカの目には葛藤《かっとう》が浮かんでいる。だが唇は真一文字に結ばれ、口を開く気配はない。

その頑《かたく》なななベロニカの態度が、ミルズの言葉に嘘《うそ》はないと告げていた。そして、ミルズの提案を拒否すれば、なぜ父が殺されたのか永遠に知ることはないということも。無残な父の姿を見た穣にとって、拒否の選択はなかった。

穣は、ミルズの右の拳を叩いた。

「いいだろう、やってやるよ。現実の世界を見せるがいい」

〈今の現実世界には西も東もなく、イデオロギーの対立も文化の衝突もない。あるのは資本主義によって栄えた経済だけである。そのなかでもっとも利益を得るものだけが強者として振る舞うことが許され、他はすべて強者に媚《こ》びへつらう従者となる。そして強者になることを許されるのは、神に祝福され、もっとも健全であり、もっとも賢明である唯一の国、我がアメリカ合衆国のみである〉

「共産主義は死んだ、か」

リチャードが壇上に設けられたスクリーンから目を離さず、口元だけを動かして囁《ささや》いた。

「副大統領閣下には、ロシアも中国も資本主義国家に見えてるってことだ。おい、これは重要なことだぞ」

「オリガルヒに太子党《たいしとう》、どちらも資本経済の申し子だ。両国が資本主義国であることは明らかだろう」

穣もスクリーンから目を離さず、隣に座るリチャードに答えた。

スクリーンに映った副大統領の目の動き、頬の筋肉の変化、肩のすくめ方、手の振り、身体《からだ》の揺れを頭に刻みこんでいく。本音を語る副大統領の姿は貴重だった。

「そうじゃない。副大統領が共産主義も社会主義も存在しないって認識しているということが重要なんだ。レポートを書くときに気をつけないとな」

「リッチ、きみは優秀な分析官になれるよ」

穣は皮肉をこめていった。しかしリチャードは臆面《おくめん》もなく、

「当たり前だ。三年で上級分析官、五年後には退職してワシントンのシンクタンクで働いている。年俸百万ドルでな」

と答え、鼻を鳴らした。

「チョウも作戦本部《DO》なんて辞めて情報本部《DI》に志望を変えたらどうだ」

チョウというのは穣の養成所《ファーム》における偽名だ。同様にリチャードというのも偽名で、穣は隣に座る男の本名を知らない。ファームでは、生徒同士はもちろん教官にも訓練生の本名は知らされない。かつて教官の一人が数年にわたって訓練生の名簿をロシアに流していたことが明らかになったためだ。

壇上に座る教官の一人、ガイ・ミルズがこちらを向き、リチャードは口を閉ざす。

それにしても相変わらずリチャードは正確性に欠ける、と穣は思った。

ＣＩＡのトップは壇上に座っているＣＩＡ長官であり、彼の上にいるのは副大統領ではなく、この後に講演する予定の国家情報長官だ。ＣＩＡや国防情報局《DIA》といったインテリジェンス・コミュニティが集めた情報は国家情報長官のもとに集約され、日報として大統領に毎朝提出される。副大統領は、その要約版を閲覧できるにすぎない。

スクリーン上の副大統領は拳を握り、ロシアと中国を罵《ののし》っていた。一方を「時代遅れの終わった国」と貶《おとし》め、もう一方を「身の程を弁《わきま》えない劣等国」と蔑《さげす》む。

「俺は分析官にはならないよ。政治家の相手は無理だ、現場がいい」

「極東に行くのか」

「教官が見てる、口を閉じたほうがいい」

　記念講演が終わると、穣は懇親会場に向かうリチャードたち訓練生と別れ、ひとり射撃場へと向かった。ロッカーで訓練用のスーツに着替え、特殊部隊などで使用されるオートマチックの拳銃《けんじゅう》で射撃を始める。二十発を超えたところで銃が熱を持ち始め、三十発を超えたころにはマガジン交換の際に火傷《やけど》に注意しなければならなかった。六十発に達したところで銃を置く。

　イヤープラグを外すと、火薬の残渣《ざんさ》を排出する空調が大きな音を立てて稼働していた。

「見事だ」

　シューターレンジの外からミルズが声をかけてきた。

　射撃を始めてすぐ、穣はミルズが場内に入ってきたのに気づいたが、声をかけてくるでもなかったので放《ほう》っておいた。

「さすが準軍事《PM》的訓練をトップ通過しただけはある」

「ありがとうございます、サー」

　ミルズが苦笑する。「きみにサーなんて呼ばれると、からかわれているように思える。私の胸に指を突きつけた若者とは思えんな」

「指導者に敬意を払うのは当然ですよ」

「きみがバージニア大学に入ると同時に入局してから四年が経つ。心配はしていなかったが、ファームでの成績は想像以上に優秀だ」

「あなたのお陰です。あなたの個人授業がなければ、こうはいかなかった」

ミルズが首を振る。

「いや、私は何もしていない。それこそPM訓練に喩《たと》えれば、銃の構え方を教えたぐらいだ。森を駆け、川を徒渉《としょう》し、目標を銃で撃ちぬいたのはきみだ」

ミルズがわずかに視線を下げた。重大事を告げるときのミルズの癖だ。穣は緊張し、

「何か」と尋ねた。

「DIがきみを欲しがっている。極東専門の優秀な分析官を育てたいようだ」

そんなことかと穣は緊張を解いた。作戦が中止されるのかと心配してしまった。

「その席には母がいます。彼女のもとで働くなんて、ぞっとしません」

冗談めかして穣がいうと、ミルズの頰が緩む。

「『CIAの心臓であり魂』である分析部門で数年働けば、どこかのシンクタンクに高給で迎え入れられる可能性だってある。彼女が母親としてそう望んでいたらどうする」

「あの日のことを忘れたことはありません。あなたが私を勧誘したのは、私をコンサルタントにするためじゃないでしょう。母だって覚悟のうえで、私に選択を委ねたはずです」

「じゃあ、DIの話は断っていいんだな」

穣は笑ってうなずいたが、ミルズは逆に笑みを消した。

「厳しい任務になる」

「何を今さら。国に忠誠を誓ったクズらしくありませんよ」

ミルズは穣をじっと見つめた。

「カッコウの托卵《たくらん》を知っているか。新人局員が、同盟国の防諜機関に就職して教育を受ける。あたかも諜報員としての実地教育を、あの国の機関に委ねるようなものだ。きみはカッコウだな」

第一章　カッコウ、班長になる

1

「西条《さいじょう》部長、電話です」

金子亜紀《かねこあき》がノートパソコンの画面から目を離すことなく受話器を戻す。

「誰《だれ》から」

西条は、読んでいた実話系週刊誌から顔を上げ、机に積み上げられた簿冊越しに対面に座る亜紀を見た。

二日酔いで頭が重く、できれば横になりたかったが、この刑事組対課で横になれるソファは課長席隣の応接セットだけで、さすがにそこを使う度胸はない。仮眠室に逃げこもうと思わないでもなかったが、午前のこの時間、当直明けの職員が寝ている可能性が高い。昼休みまで机に向かって耐えるしかなかった。

三十五歳の巡査部長は通常であれば刑事組対課の重要戦力のはずだが、訓戒処分を受けて本庁から落とされてきた西条は課のお荷物で、その分、二十代の巡査部長である亜紀の負担は過重なものになっている。

「知りません、自分で聞いてください」

「亜紀ちゃん、取り次ぎぐらいちゃんとしてもバチは当たらないと思う」

「私が今作成している捜索令状、西条部長に振られるはずだったのを、腰が痛いとか何とかで私に回されたやつなんですけど」

「そうだ電話だ、どれどれ」

西条は電話機に手を伸ばした。

「あと、ちゃん付けはやめてください。セクハラで訴えますよ」

「それは失礼、気をつけるから訴えるのはやめて。次は懲戒処分になってしまう……はい、西条」

〈西条さん、オレオレ〉

受話口から流れる甲高い男の声に、面倒な奴《やつ》からかかってきたと西条は顔をしかめる。

「詐欺ならほかでやってくれ。それから出頭すれば相手してやろう」

〈やだなあ、犯罪なんてしませんよ。オレですよ、市場《いちば》兆二《ちょうじ》〉

「わかってるさ、何の用だ」

〈ネタがあるんです、とびっきりのが〉

「あのなあ、そんなこと頼んだ覚えはないぞ」

〈なに言ってるんすか、オレは西条さんのスパイっすよ〉

市場は、一年前に西条が逮捕した、覚せい剤の売人だった男だ。

〇・二グラムのパケ五袋の入ったセカンドバッグを持ち、暴力団構成員の兄貴分と歩いていたところを捕まえた。バッグが兄貴分のものだと供述させる代わりに、市場の罪名は自己使用にとどめてやった。営利目的所持の罪で兄貴分は懲役八年の実刑となったが、自己使用のみですんだ市場には執行猶予が付いた。

西条にしてみれば、バッグは自分のものでアニキは覚せい剤が入っているとは知らなかった、と市場がいいだせば兄貴分を取り逃すことになりかねず、市場より暴力団員の兄貴分を刑務所に入れるべきは明らかで、大物を釣るため小物に知恵をつけて逃してやったに過ぎない。

ついでに市場と手を切ると兄貴分に約束させ、就職先を市場に世話してやったが、それも西条には暴力団親交者を堅気の仕事につけ、薬物の売人を減らす方策の一つだった。

しかしそれ以来、市場は西条になついて自ら進んでS、つまり情報提供者の真似事《まねごと》をやるようになった。市場にとっては、ちょうどヤクザの兄貴と手を切りたかったところに渡りに舟、おかげでシャブとも縁が切れて正業につくこともできた、これも西条刑事のおかげということらしい。

「おまえ、そんなことより建設会社やめたらしいじゃないか。一年もつのは珍しい、と親方も感心してたのに」

〈あれ、もう知ってたんすか。いや、西条さんには申し訳ないけど、土方はやっぱきついっすよ。ほら、オレってインテリじゃないすか、一年やって向いてないって思ったんす。今はスーツ着てサラリーマンす〉

「おまえなあ……」西条はげんなりとして首を振る。

金髪を逆立てて眉《まゆ》を赤く染め、鼻と唇にピアスをつけた市場の姿は、およそインテリのイメージからは程遠い。首を振ったところで亜紀と目が合い、冷たい視線を送ってくるのに気がついた。電話で雑談してるようにしか見えないのだろう。

「わかった、情報提供だな。今、どこにいる」

〈西国《にしこく》っすけど〉

「じゃあ府中本町《ふちゅうほんまち》の駅で待ち合わせよう」

西条は市場の返事も聞かずに受話器を置いた。

「市民からの情報提供、ちょっと出てくる」

西条は椅子《いす》にかけていた上着を手にとり、机の上に置いていたジッポーをそのポケットに落とした。

「昼メシには早いんじゃないですか」亜紀が睨《にら》む。

「だから情報提供者に会いに行くんだって」

「思い出しましたよ、あれでしょう、一年前にパクったやつ。ガセネタばかりよこすって嘆いてましたよね。放《ほう》っておいていいんじゃないですか、それよりやることがあるんじゃないですか、私が作っている書類はもともと誰が作るものだったのでしょう？」

「市民からの情報提供は大切に。たとえガセかもしれなくても話を聞くのは刑事の務め」

西条は上着のポケットに落としたジッポーを取りだして蓋《ふた》を開け、火を点《つ》けることなく閉じた。それを何回となく繰り返す。

「それやめてくださいって言ったでしょう。うるさいし、オイルの匂《にお》いで頭が痛くなる」

「悪い悪い、癖でね。嫌われ者は去るとしよう、昼飯食ったら戻ると係長に言っといて」

西条はもう一度ジッポーを鳴らし、亜紀の罵《のの》り声を背中で聞きながら部屋を出た。

正午までまだ一時間近くあるとあって駅前は閑散としており、市場の金髪はすぐ目についた。改札前で所在なげにしている市場は、西条が驚いたことに茶系のスーツを着てネクタイまでつけている。金髪は短く刈り込んでいて、眉毛は黒く、ピアスもつけていない。

なるほど今どきのサラリーマンらしく見えないこともない、と感心しながら西条が近づいていくと、何となく違和感がある。どこがおかしいのだろうと首を捻《ひね》り、ネクタイだと気づいた。ネクタイはピンクの下地に白色の小紋だが、その紋はトイプードルの小さな絵だった。

「お前、そのネクタイ……」

「いいでしょ？　彼女からのプレゼントなんす」

「プードルという柄かよ、おまえが」うんざりしながら西条はいう。「立ち話もなんだ、ちょっと早いがメシを食おう」

「奢《おご》ってくれるんすか」

「割り勘だ。その代わり安いメシ屋を教えてやる」

いっぱしのSを気取っているわりに市場の情報はあてにならず、昼飯を奢る価値はない。西条は先に立ってぶらぶらと歩き始めた。

駅前の階段を下りて鎌倉《かまくら》街道をくぐり、府中街道に出るとすぐに脇道《わきみち》に入って五分ほど歩き、また曲がる。人の流れは絶え、風に乗って微《かす》かに馬厩《ばきゅう》の匂いが漂っていた。

二人並んで歩くのがやっとという細い路地を抜け、西条は足を止めた。ヒビの入ったショーケースに、埃《ほこり》をかぶったラーメンとカレーのイミテーションが置かれている。店の名前はどこにも書かれていない。

「ここだ」

西条は引き戸を開けた。昔ながらの一膳《いちぜん》飯屋で、壁際にカウンター席が五つ、それに四人掛けのテーブルが二つあるだけの小さな店だ。朝七時から開いているが、昼は一時にいったん閉め、四時から再開する。一時から四時までは競馬の客がいなくなるからだと店主は説明するが、西条はその時間帯に店主を場外馬券売り場で見かけたことがあった。何のことはない、自分が競馬を楽しみたいだけだろうと睨んでいる。

店の中は、日に焼けた作業服姿の男が一人、カウンター席に座っているきりだ。

西条は、店の奥にある配膳口に向かって「大将、カレーひとつ。肉抜き」と注文し、カウンター席から離れたテーブルを選んで腰を下ろす。

「肉、食わないんすか」

「医者に止められてるんだ、高脂血症の予備軍と脅されて」

「え、ガタイよくて腹もひっこんでるじゃないっすか」

「俺のは運動不足と関係ないらしい。それよりここのカレーは、牛の背脂を煮こんでるから、うまいぞ」

「煮こんでるなら、肉除いたって一緒じゃないっすか」

市場は笑い、配膳口から顔を覗《のぞ》かせたねじり鉢巻きの店主に「俺《おれ》もカレー」と頼んで西条の対面に座った。

「水はセルフ。あっち」

西条は、カウンターの端を指さした。青い達磨《だるま》のようなタンクが置かれている。市場が立ちあがってコップ二つに水を注《つ》ぎ、運んでくる。

「それで？　貴重なネタっていうのは何だ」西条は水を飲みながら訊《き》いた。

「いきなりっすか」

「もったいぶるような話じゃないだろう。どうせどっかでチンピラが合成麻薬でも売ってるという話だろ」

「違います、もっとデカいネタっす」

市場はわざとらしく周りを見渡した。カウンター席の男は、スマホをいじりながら丼《どんぶり》に箸《はし》を使っていて、こちらを気にかける様子はない。

「いいから話せって」

西条は苛《いら》つき、テーブルの下で市場の足を蹴《け》った。

「イテッ。もう、気が短いんだから」

「こっちは忙しいんだ、メシに付き合ってやってるだけでもありがたいと思え」

「デカいチャカの話があるっす」

大きな拳銃《けんじゅう》の話？　何を言ってるんだこの馬鹿、と罵声《ばせい》を浴びせようと西条は口を開きかけ、その前に慌てて市場が言葉を修正する。

「違った、チャカのデカい話。チャカを大量に仕入れるって話っす」

西条は開きかけた口を閉じた。

市場から目を逸《そ》らして店内を眺める。カウンター席の男が相変わらずスマホを触り続けていて、店主は厨房《ちゅうぼう》でこちらに背を向けている。西条は上着のポケットからジッポーを取りだし、指で弄《もてあそ》ぶ。

「詳しく聞こう」

市場は唇を舐《な》めた。

「俺、いま中古車屋で働いてて、そこは車の輸出も扱ってるんす。輸出先は中国とロシアで、横浜《よこはま》や新潟《にいがた》から車を送ってて」

働いている中古車屋には社長と専務、それに従業員が三人いる。市場以外の二人のうち一人はロシア人で、イーゴリ・アレクセイエフという。

「いつも手袋をしている変な野郎なんすけど、話すと片言の日本語を使うんで面白いっす。俺が入る何カ月か前に入社したとか。もう一人は片岡《かたおか》という日本人なんすが、こいつはいつもムスっとしててつまらんやつっす。でも会社には昔からいるので、俺もイーゴリもいちおう上司扱いしてるっす」

市場と片岡、日本人従業員の業務は車の買い取りだが、店舗に一般客が来ることはなく、金融業者が連れてきた人間から車を買い取るのだという。

「ははあ。金貸しが担保に取った車を安く買い叩《たた》いて、それを海外に輸出してるんだな」

西条にとっては珍しくもない商売だ。中にはローンが残っている車を輸出してしまう悪質な業者もいて、名義上の所有者である信販会社から警察に被害届が出されることもある。しかし実質的所有者の車両使用者が売買契約書にサインしているため、業者の刑事責任を問うのは難しく、横領罪や詐欺罪などの共犯に問えるような極めて悪質性の高いケースでなければ立件されることはない。結局、信販会社は、車を売った債務者の民事上の責任を追及するしかないのが実情だ。

「中古車の買い取りなんて、お前にできるのか」

「店に来るときにはもう金融業者の間で話ができてるんで、俺は書類の受け渡しをするだけっすよ。輸出の仕事は専務とイーゴリがやってますし」

車を載せた船は横浜港から出ることが多いが、新潟東港から送ることもあり、そんなときは専務かイーゴリが車を新潟にある会社の倉庫まで持っていくという。

なるほど書類の中継だけならこいつでもできるか、と西条は納得する。

「で、聞いちゃったんすよ、社長と専務が、チャカをどっかから持ってくるって話を」

小平《こだいら》市にある店舗は、中古車置場を兼ねる駐車場の片隅に置かれたプレハブ式二階建てらしい。昨日、市場は仕事を終え、その日買い取った車の書類を専務に渡そうと二階へ上がったところ、専務室から社長と専務の声が漏れ出ていた。ふだん社長は事務所におらず、姿を見かけることも珍しい。

「どんな指示だったんです」専務の声は甲高く、神経質な響きを伴っていた。

「陸送用の車を用意しろ、ということだ。トレーラー一台とトラック二台」社長の声は低く嗄《か》れている。

「トレーラーですか。全部トラックじゃ駄目なんですかね。トラックなら簡単に手配できますが、トレーラーとなると荷の形状によって特殊車両が必要になり、手間です」

沈黙が降りた。社長が考えているようだ。

「いや駄目だ。指示は、トレーラーを、ということだった」

「でも、聞かされてるブツなら、トラックだけでよさそうなもんですが」

「指示は指示だ。従わざるをえない」

「車の輸出だけで充分儲《もう》かってます。危ない橋を渡る必要はないですよ」

「断れば、その輸出ができなくなる。奴らと付き合ってるからこそ輸出が許されている」

二人の間でまた沈黙が降りる。市場は足音を立てぬよう階段まで引き返した。階段でわざとらしく音を立て、いま上がってきたかのように振る舞おうと考えたのだ。足音を立てようとしたまさにその時、

「でも、今どき武器の密輸なんて……」

という専務の苦々しげな声が聞こえた。

踏み下ろそうとした右足をそっと階段の踏み板に置き、市場はそれまでにも増して足音を立てぬよう細心の注意を払いながら階段を下り、一階の事務室に戻った。

事務室では二人の同僚が机に向かっている。

「あれ、専務いなかった?」

書類を抱えたまま戻ってきた市場を見て、片岡が訊いた。

「書類が揃《そろ》ってるか不安になっちゃって。もう一度確かめてから持って行くっす」

汗をかきながら、市場は弁解した。その汗は決して暑さだけのものでない。片岡は不思議そうな顔をしたが、それ以上追及することなく顔を戻した。

しかし片岡の隣に座るアレクセイエフが感情の籠《こも》らぬ目をこちらに向けているのに気づき、市場はさらに汗が噴きでるのを感じた。


「それで、これはチャカの密輸だ、西条さんに知らせないと、と思ったんす」

話し終わると、ちょうど店主がカレーを持ってきた。

西条は、ジッポーをポケットに戻し、スプーンをコップの水につけてから、カレーを一口食べる。口の中に脂の甘みが広がり、追いかけるように香辛料の刺激が襲ってきた。

「なにこれ、すげえうまいっす」

西条と同時に手をつけた市場が感嘆の声を上げる。しばらく二人は無言でカレーを食べた。市場はしゃべり終えた安堵感《あんどかん》に包まれている。その一方、西条は市場の話をどう評価すべきか頭を忙《せわ》しく働かせていた。

「お前のところの車、朝鮮半島《ちょうせんはんとう》には行ってないのか」

掻《か》きこむように食べ終えた西条は楊枝《ようじ》を使った。市場はまだ食べ続けている。

「どうすかね。俺が知る限りじゃ、中国とロシアだけですけど」

取引先が中国とロシアの二国だけだとすると、「チャカ」の輸出元もそのどちらかと考えるのが自然だが、「奴らと付き合ってるからこそ輸出が許されている」という社長の言葉が西条は気になった。正規のルート以外で車を輸出している可能性があり、ロシアンマフィアや蛇頭《じゃとう》との繋《つな》がりが疑われる。

いずれにせよ本庁に上げたほうがよさそうな情報だが、その場合、市場を協力者として本庁に引き渡すことになる。本庁の人間がどのように市場を扱うか一抹の不安があった。

「お前、手を出してみろ」

「え、何すか、急に」

笑いながら、市場が左手を西条に差しだす。

「右手もだ」

市場はスプーンを置き、右手も差しだした。西条は、市場の両手首を摑《つか》み、手の甲を自分の目の高さに持ち上げて指の間を調べる。注射針の痕《あと》はなかった。

「よし、上着を脱いでシャツを肘《ひじ》の上までたくし上げろ」

「もしかして、俺がシャブ食ってないか疑ってます?」

「当たり前だろ」

「もうやってませんって。クスリとは縁を切ったっす」

「そんな簡単に縁が切れるなら、誰も苦労はしない。シャブ中の言うことなんざ誰が信じるか。さっさと肘を出せ」

怒るかと思ったが、市場は大げさに溜《た》め息をついて、スーツの上着を脱ぐとワイシャツの袖《そで》のボタンを外し、ふたたび両手を西条に差しだした。

西条は無言で片腕ずつシャツの袖を肘まで引き上げ、肘の内側を調べたが、やはり注射針の痕はなかった。

「次は靴下を脱いで、くるぶしを見せましょうか？」

市場が哀《かな》しみ混じりの諦《あきら》めたような笑みを浮かべ、西条は首を振った。

「とりあえず、今はやってないようだな」

「もしやってるなら、西条さんに電話したりしませんって」

市場がワイシャツの袖を直しながらいう。

「わかるもんか。シャブを打ってから署に警官の苦情を言いにきた例もゴマンとある」

「今、彼女と一緒に暮らしてるんす。クスリなんかやってたら、叩きだされます」

「彼女は何してる人だ」

「美容師っす。このネクタイだけでも、センスのよさがわかるでしょ」

カウンター席の男が席を立ち、会計をすませると店を出て行く。西条は目の隅で男の様子を窺《うかが》っていたが、最後まで西条たちに関心のある気配はなかった。男が店の戸を閉め、店主が厨房に消える。

「話は本庁に上げておく。そのうち連絡があるだろうから、協力してやってくれ」

「西条さんが捜査してくれるんじゃないっすか」

「お前の会社は小平だろ。俺は府中署、管轄違い。おまけに俺は薬物担当だから、担当も違う」

「でもクスリも銃も、密輸は一緒っすよね」

確かに両方とも一般人の所持が禁止される禁制品であり、かつ、犯罪組織が扱うことが多いため、警視庁では同じ部署が取締りを担当している。現在では薬物銃器対策課と名を変えた組織犯罪対策第五課は、かつて西条が所属していた部署であり、市場の話もそこの同期に流そうと西条は考えていた。

「確かに本庁ではチャカもクスリも同じところが扱っている。ちゃんと話のわかるやつに通してやるから文句いうな。それより、捜査が進めば勤め先を失《な》くすことになるが、それはわかってるのか」

市場は苦悶《くもん》の表情を浮かべ、「仕方ないっす」と吐きだした。

「仕事も楽で、払いもよくて、いい所なんすけどね、犯罪はマズイっしょ。俺は弁当持ちだし、何かあると長くなりますから」

自己使用となった罪で、市場は懲役一年六月執行猶予三年の判決を受けている。次に罪を犯して禁錮《きんこ》以上の刑になれば執行猶予を取り消され、懲役一年六月も合わせて受刑しなければならない。

「でも、俺は西条さんのSっすから、ほかの人とやってくれと言われても」

市場が頰《ほお》を膨らまし、西条は内心慌てる。密輪を押さえるには、まず市場の勤め先を内偵しなければならない。その際、内部に情報提供者がいるのといないのとでは雲泥の差で、話を通すのであれば今後も市場に協力してもらう必要がある。

「そう言うな、密輪を摘発するのはお前自身のためでもあるんだから。彼女との生活を守りたいだろ。彼女には話したのか」

「まさか、話してないっすよ。話したら、きっとすぐ店辞めろと言うっす。まずは西条さんに相談しようと」

「いい判断だ。心配させないよう、彼女にはギリギリまで黙っておいたほうがいい」

西条は愛想よく笑った。話せば市場を辞めさせるかもしれず、そうなると本庁の内偵が難しくなる。

西条は店主に会計を頼み、市場の分も支払う。

「あれ、いいんすか」

「初めて昼メシ代に見合うネタを持ってきたな」

「しまった、それならトンカツ定食にしとけばよかったす」

二人は店を出て、府中街道まで戻った。

「お前の携帯番号、本庁の人間に伝えとくから、連絡があったらきちんと対応しろよ」

「あれ、署に戻んないんすか」

「帰っても書類仕事をさせられるだけ、もうちょっとブラブラする。くどいようだが俺の面子《メンツ》を潰《つぶ》すなよ」

「わかったす、きちんとやるっす。でも、俺は西条さんのSですからね、そこんとこよろしく」

言い募る市場をうるさく感じ、西条は犬を追い払うように手を振った。

三日後、覚せい剤の売人の情報を仕入れた帰り、駅前広場の一角に設けられた喫煙所の前で西条は足を止めた。時刻は午後五時になろうとしている。

喫煙所から臭《にお》いが漂ってきて、西条の鼻がひくりと動く。タバコをやめて二年が経《た》つというのに、いまだに臭いに反応し、白色とも灰色ともつかない煙に懐かしさを感じてしまう。西条は舌打ちをして、右手でスーツの上着に入れたジッポーを触る。その持ち主が殺されたとき、西条は犯人に発砲して重傷を負わせ、過剰防衛で訓戒処分を受け、タバコをやめた。

西条は喫煙所への未練を軽く首を振って断ち切り、広場を横切った。

ズボンのポケットでスマートフォンが震える。着信表示を見ると、警察学校の同期で今は薬物銃器対策課にいる関本《せきもと》からだった。

「はい、西条」

〈今、話せるか〉

声の後ろでは、パトカーの吹鳴音が響いている。どこか現場にいるようだった。西条は辺りを見回し、誰もいない木陰を見つけてその下に入る。日暮れの空は雲行きが怪しく、公園から人が引きつつあった。

「いいぞ」

〈お前が紹介してくれた情報提供者だがな……〉

今度は心の中で舌打ちをする。あれほど言っておいたのに、あいつ、関本からの連絡を無視しやがったな、何が俺のSだ。

「すまん、迷惑をかけたか。電話にでなかった？」

〈いや、そうじゃない〉慌てたように関本がいった。〈電話は通じた〉

「じゃあ、五課がハナも引っかけないような、ガセネタだったか」

所轄の捜査員が勢いこんで上げた情報が、本庁ではすでに調査済みだったということは珍しくない。

〈そうじゃないんだ、ジョウ。今日の四時に会う約束をしていた。ところが待ち合わせ場所に現れず、代わりに近くでホトケが出た。若い男の絞殺体だ〉

膝《ひざ》から力が抜け、西条は背後の木にもたれかかる。

〈西条？　おい、聞いているか〉

「……ああ、ちゃんと聞いている」

〈財布やスマホがなくてホトケの身元が割れない。面割りを頼む。俺はまだ市場に会ったことがないから〉

西条は木にもたれたまま、「わかった」と答え、まだ市場だと決まったわけじゃないと自分にいい聞かせる。

「すぐ行く。ホトケは動かさないでくれ」

2

「フィリピンなど東南アジアからは毎年研修生を受け入れており、今年も例年通りのカリキュラムを受講してもらいます。カリキュラムの相当部分は、税関との共同研修を予定しています」

今年配属されたばかりの係員が、机の隣に立って説明する。穣にとってはそれこそ例年通りの企画で新鮮味はないが、部下の話を聞くのも仕事の一つと辛抱強く付き合う。

「税関との共同研修というと、通関手続や保税区域の役割についてかな」

「はい。途上国の司法関係者には、通関というと関税徴収だけやってると思っている人間もいますから」

「禁制品取締りには通関での水際対策が重要だからね」

穣は係長欄に決裁印を押し、決裁板を係員に返した。

「課長には？」

「後ほど私から説明します」

「課長に説明する際は、予算が外務省と財務省からも支弁される旨を強調するといいよ」

係員が頭を下げて自分の机に戻っていく。

警察庁長官官房企画課には、国際担当の課長補佐の下に三人の係長がいる。穣はそのうちの一人で、主に国際機関との連絡を受けもっているが、発展途上国や新興国の治安機関からの研修生受け入れも担当しており、実際に研修を行なう警察大学校国際警察センターとの調整も業務の一つだ。

穣は壁に掛けられている時計を見た。正午まで十分ほどある。待ち合わせは午前十一時五十五分だ。立ちあがり、伸びをすると、ゆっくりとした足どりで部屋を出る。部屋には十人ほどの課員がいるが、穣に注意を払う者はいない。

部屋を出ると穣は階段室に入った。一階分を駆け上がり、階段室を出て、またゆっくりとした足どりに戻りトイレを目指す。トイレには、一人、小用を足していた者がいたが目当ての人間ではなく、穣はその後ろを通って一番奥の個室に入った。数秒と経たず、外から水を流す音がする。立ち去る足音が聞こえ、しばらくしてから誰かが入ってくる音がした。穣が個室を出ると、目当ての人間だった。

小用便器の前に立った男の隣に、穣も立つ。

「お疲れさまです」

「ああ」

男は、警察庁長官官房総務課の理事官だ。目だけを動かして穣を見ると、左手を上げて五指を広げ、続けて親指を折った。

九人。

穣はうなずき、「お先に」といってトイレを出る。階段を駆け下り、企画課の部屋に戻った。

退庁時刻になり、穣は手ぶらで庁舎を出た。

日比谷《ひびや》公園まで歩き、雲形池を一周する。手を後ろに組み、散策を楽しむふりをしながら、左右の路地や空を仰ぐ鶴《つる》の噴水を挟んだ対岸にいる人間を観察する。スーツ姿の男女が脇目もふらず足早に行き交い、ベンチでは学生が物思いに耽《ふけ》り、その一人ひとりの顔と服装を穣は目に焼き付けた。一周し終え、帝国《ていこく》ホテルに向かう。

メインエントランスから臙脂《えんじ》色の絨毯《じゅうたん》を踏んでロビーに入り、その隅にあるニューススタンドで立ち止まって後をつけて来た者がいないか確認する。タワー館側の出入口からホテルを出て、道路を行き交う人々に視線を走らせ、雲形池の周囲にいた人間がいないか記憶と照合し、尾行者はいないと判断した。

点検を終えた譲は、ＪＲの高架の下をくぐって泰明《たいめい》小学校の前まで歩き、小学校の斜向《はすむ》かいにある路地へと入った。路地を曲がって少し大きな道に出ると、黒塗りの車が停《と》まっている。穣は素早く後部座席へ滑りこんだ。

運転席の男がサイドブレーキを下ろして車を出そうとするのを、「数秒、待ってください」と英語で押しとどめ、スモークのウィンドウ越しに自分が出てきた路地を注視する。

誰も路地から飛びだしてきたりはしなかった。

「大丈夫です、出してください」穣は緊張を解いた。

「慎重だな、相変わらず」

滑るように車を発進させながら、運転席のエドマンド・ラーウィルが笑う。

「この緊張感は、外交官の公的偽装身分《オフィシャル・カバー》があるあなたにはわかりませんよ、ラーウィル支局長」

外から見られぬよう、後部座席に深く身を沈める。窓ガラスにはスモークフィルムが貼ってあるが、それでも光の加減によっては中が見えるかもしれない。

　長博が殺された日、穣を迎えに来たラーウィルは、穣が合衆国で四年、警察庁で七年を過ごしている間に東京支局長になっていた。かつてのミルズがそうであったように、今は駐日アメリカ大使館参事官のオフィシャル・カバーを持っている。

　ウィーン条約によって外交官の身体は不可侵とされ、一切の裁判が免除される。したがって大使館参事官の地位にあるラーウィルは、日本の法律を侵しても逮捕されることはなく、いつでも合衆国に帰ることができる。

「よしてくれ、ジョー。ノン《N》・オフィシャル《O》・カバー《C》の任務を希望したのはきみだろう。カンパニーは正局員がエージェントになることを認めていないのに、よくそんな計画が通ったものだ」

「NOCだから認められたんです。私がエージェントとして逮捕されても、NOCならばカンパニーは知らん顔ができる」

　穣の置かれている厳しい立場を改めて認識したのか、ラーウィルは黙りこんだ。

　車が外堀《そとぼり》通りに入る。八重洲《やえす》を通って水道橋《すいどうばし》まで行き、飯田橋《いいだばし》との間にある路地で穣を降ろすことになっている。決して長くはない時間だ。

「前置きはそれくらいにして、理事官からの情報です。九人だということです」

　穣の言葉にラーウィルがうなずく。

「よい人数だ。駐日ロシア外交官の総数からすれば決して多くはないが、外交官をカバーにしている諜報員《ちょうほういん》のほとんどが追放になるだろう。ジョーと同じようなＮＯＣの諜報員が残るが、数は多くはない。あと一押しで、日本におけるロシア課報網は休業状態だ」

九人というのは、ウクライナ侵攻に伴う制裁として、日本政府が退去を命じるロシア外交官の人数だ。

外交官はウィーン条約による外交特権で保護されているが、接受国から好ましからざる人物《ペルソナ・ノン・グラータ》とみなすと通告された場合、四十八時間後に外交官の身分証が剝奪《はくだつ》され、外交特権を失う。

日本には大使館や領事館、通商代表部を合わせて百人ほどのロシア人の外交職員がいるから、ラーウィルのいうように総数からすれば九人は決して多い数字ではない。しかし追放対象となる外交職員は、エージェントを運用する情報官として公安が特定したスパイたちだ。諜報網にとって打撃になるのは間違いない。

「理事官への報酬を弾まないとな」

「そうしてやってください、彼は自由民主主義よりも金を愛しているようですから」

「日本の警察は優秀なのかそうでないのか、たまにわからなくなる」

「優秀ですよ、間違いなく。理事官は出世争いに敗れ、公安から追い出された人間です。それが今はカンパニーのエージェントなんですから、公安の見る目は確かだった」

「きみが警察庁に潜《もぐ》って七年。その間に理事官を含めて五人を吸収し、ヤクザに関する警察の内部情報も入手した。情報官としてもエージェントとしても優秀な成績だ。だが、そもそもの目的は公安に潜ることだったはず」

「ええ、もちろん」

「だが行政官として順調に出世する一方、まだ公安に潜入できていない。七年というのは長い。クロー・ハンマーを立案した初期メンバーも多くは引退し、残っているのは母上だけだ。DOでは、これまでの実績で充分であり、きみをラングレーに戻すべきではないかという意見が出ている」

穣は助手席の後ろに潜《ひそ》みながら、フロントガラスに向けられているラーウィルの表情を窺《うかが》った。顰《しか》め面ではなく穏やかともいえる表情で、命令ではないと判断する。

「私としては、まだ潜入を続けたいと思います。ジョヌグリュールも見つけていない」

ルームミラーの中でラーウィルが微笑《ほほえ》む。

「ジョヌグリュール……幽霊を探すようなものだ。曲芸師のコードネームを持つ、ロシアの暗殺者。実在するかもわからない。お伽話《とぎ》を信じたにしては十一年というのは長い」

穣は無言を保った。ラーウィルの前任者も同じ反応を示した。父親の仇《かたき》である敵エージエントを探し続ける潜入情報官。それが穣に貼《は》られたレッテルだ。

「おとなしくラングレーに戻るつもりはない、ということだな」

ラーウィルの問いに穣は「はい」とはっきりと答える。

「ならば仕事だ。助手席の封筒を見たまえ」

穣は手を伸ばし封筒を取った。中身を引きだすと一番上に写真が載っている。

「わかるか？」

「もちろん。最近よくテレビでやっていますから。対戦車ミサイル、ジャベリンですね」

「そう。歩兵携行式多目的ミサイル、ＦＧＭ－１４８ジャベリン。ウクライナでは、主に対戦車ミサイルとして使用されている」

「主に？　対戦車以外にも使えるんですか」

「もともとは戦車に加え、建築物や低空飛行物体への攻撃を目的に開発された歩兵用兵器だ。ジャベリンというのは正確にはミサイルの名前ではなく、コ《C》マンド・ラ《L》ンチ・ユ《U》ニットと呼ばれる発射台や、発射筒体、その発射筒体に収められたミサイルを総称したもので、発射筒体を交換することにより、いろんなミサイルを発射することができる。例えばスティンガーミサイルの発射筒を装着すれば地対空ミサイルを発射することができ、実際に無人攻撃機を撃墜した実績もある」

穣は口笛を吹いた。

「すごい。万能なんですね」

「そのジャベリンが、三十基、所在不明になっている」

穣は写真から顔を上げ、ルームミラーを見た。東京支局長は表情を消している。

「三十基ですか。失くした、ではすまないでしょうね。連隊長ぐらいの首は飛びそうです。盗まれたんですか」

ラーウィルがうなずく。

「ウクライナへの大量供与で、ジャベリンを各基地の間で融通し合わなければならなくなった。所在不明となったジャベリンは、グアムのアプラ海軍基地の海兵隊第三遠征軍から、パールハーバーのヒッカム基地に移送される途中だった」

「グアム？　第三遠征軍は沖縄《おきなわ》の海兵隊でしょう？」

「沖縄から移転する先遣隊だ。一個大隊が試験的にアプラ海軍基地に移っている。その大隊に支給されたもののうち、改良版として開発された三十基だ」

「改良版。まさか核弾頭とか言わないでしょうね」

穣の冗談に、ラーウィルの頬が緩む。

「核弾頭を搭載するにはミサイルが小さすぎる。対レーダーミサイルだ」

ファーム時代の記憶をまさぐり、穣は対レーダーミサイルの知識を引きだした。

「敵レーダーの電波を受信し、発信源を特定して突入するミサイル。空対地ミサイルが一般的だと教わりましたが」

「航空機が敵地に侵入する前に防空網を叩くためのミサイルだから、航空機に積んでおくのが合理的というだけだ。実際、地対地の対レーダーミサイルも配備されている」

穣はラーウィルに促され、写真の下の書類を見た。

「海兵隊が開発したのは、偵察隊や工作隊として敵地に侵入し、レーダーを破壊するためのミサイルだ。グレネードや爆薬は基地に侵入しなければならないが、ジャベリンの有効射程距離は二・五キロ、最大射程に至っては四・七五キロに及ぶ。レーダー塔さえ見えていれば、基地の外からでも攻撃できる。しかもそれくらいの距離なら、敵がミサイル発射に気づいても防御のしようがない」

「問題は、シーカーと誘導制御体からなる誘導部の大きさと、弾頭の破壊力ですね」

「誘導部については小型化に成功した。弾頭については戦車用の成形炸薬弾《さくやくだん》ではなく、対空ミサイルで使われる連続ロッド弾頭というのが使われている」

穣は街路灯の明かりを頼りに書類を読み進めた。

「想定される戦術として、偵察隊が分散潜入して敵レーダーを一斉に破壊、その後航空部隊と巡航ミサイルで敵基地を空爆、ヘリボーン部隊で都市を制圧……ロシアに見せてやりたいですね」

「ウクライナでは失敗したが、日本で再挑戦しようとしていたら？」

穣は驚いて顔を上げた。「そんな情報があるんですか」

ラーウィルがうなずき、三枚目を読むように促す。

ＣＩＡドバイ支局長名での報告書で、曰《いわ》く、闇《やみ》市場で最新型携行式ミサイルが大量取引された、ロシアと関係の深い中央アジアの武器商人が関与。引渡地は日本。

「もともと携行式ミサイルはブラックマーケットの人気商品で、通常兵器輸出管理協定《ワッセナー・アレンジメント》の二〇〇三年首脳会議で議題に取り上げられたほどだ」

「でもロシアなら、ブラックマーケットで調達しなくても自国生産できるのでは」

「この情勢下で？　制裁の影響で半導体不足、ウクライナで使用する精密兵器すら枯渇している状況だ。おまけにこいつは歩兵が携行できる対レーダーミサイルという最新兵器。本国から旧製品を持ちこむより、第三国から最新式を持ちこむほうが理に適《かな》っている」

　穣は考えこんだ。最新型ジャベリンは、本来ならば研究対象としてロシア本国に送られてよいものだ。それを実戦に投入しようとしているのであれば、確かにロシアの精密電子部品不足は深刻なのかもしれない。

「ロシア大統領の領土拡大の野望が露《あら》わになり、北海道への侵攻は今そこにある危機となった。このタイミングでの対レーダージャベリンの日本への密輸は、危機のレベルを大きく跳ね上げる。ロシアが北海道に侵攻しようとしたとき、邪魔になるのは自衛隊の千歳《ちとせ》航空基地だ。その防空レーダー網を担うのは稚内《わっかない》、根室《ねむろ》、網走《あばしり》、奥尻《おくしり》、襟裳《えりも》、当別《とうべつ》の六ケ所の警戒群。これらを同時に攻撃されたら千歳基地は機能せず、ロシアの思うがままだ」

「青森に我が軍最大の基地、三沢《みさわ》があるじゃないですか」

　ラーウィルは、何をいっているという視線をルームミラー越しに寄越《よこ》した。

「北海道は、北はサハリン、西はロシア本土、東は北方領土と、三方向をロシアに囲まれている。三面から攻められればどうしようもない。我が国が守るべきは北海道南部を前線とする防衛ラインで、そのための三沢基地だ。不凍港の釧路《くしろ》は惜しいが、道東を守るのは我々ではなく自衛隊の役目だ」

かといって我が国の兵器が侵略の端緒となるのを座視するわけにはいかない、とラーウィルは言葉を続け、

「日本、ことに北海道にジャベリンが持ちこまれるのは何としても阻止しなければならない。引渡を阻止しろ、との命令が諜報コミュニティに下された」

といった。

穣はしばらく沈黙してから「命令は国家情報長官から？」と尋ねた。

ルームミラーの中で、初めてラーウィルの瞳《ひとみ》に愉《たの》しげな色が浮かぶ。灰色がかった青い瞳が笑っていた。

「大統領命令だ。大統領事実認定によって取引阻止が全情報機関の最優先事項となり、当面、他の任務は後回しになる。当然、東京支局にかかる期待は大きい」

穣は、ラーウィルが喜色を浮かべた理由を悟った。この任務を達成すれば出世が約束され、作戦本部長、ひいては副長官や長官への道が開けるかもしれないと考えているのだ。

「たかが密輸に、大統領命令ですか」

大統領事実認定は、大統領の広範な行政権限に基づく命令の一つで、公的には大統領の「覚書」という形で発出される。

「たかが密輸、というのはずいぶんと控えめな言い方だ。ジャベリンは、それ自体が高度な一個のミサイルシステムだ。しかも徹底的に小型化が図られており、高機動性を有する。所在不明になった三十基は一基ずつ特製のプロテクトケースに入っているが、それでも一個の大きさは高さ、幅が二〇インチ、長さ五〇インチ程度という」

穣は頭のなかでセンチに換算する。だいたい高さと幅が五〇センチで、長さが一三〇センチぐらいの大きさの箱だ。

想像よりもずっと小さく、穣は改めて書類に書いてあるジャベリンの仕様を確認した。

CLUは長さ一三・七一インチ（約三五センチ）、高さ一三・三四インチ（約三四センチ）、幅が一九・六五インチ（約五〇センチ）。発射筒のほうは長さ四七・六インチ（約一二〇センチ）、エンドキャップの直径が一一・七五インチ（約三〇センチ）。

なるほど、ラーウィルのいうプロテクトケースにも優に収まる。

「重さは？」

「一基当たり四九ポンド。プロテクトケースを含めても総重量七〇ポンド」

約二二キロと約三二キロ。三十個でも一トンを超えない。

「恐るべき軽さですね」

「しかもジャベリンにはＩＵＩＤが貼られている」

ＩＵＩＤはアイテム固有識別番号の略で、武器管理のために付されている。

「アメリカ海兵隊の武器です、と宣伝して歩いているようなものだ。それが同盟国の基地に対して使われてみろ、我が国はとんだ恥さらしだ。何としてでも密輸を阻止しろ、という大統領の怒りと焦りは理解できる。ラングレーでは、大統領事実認定に従い、資産《アセット》を総動員することを決めた。作戦担当情報官《ケース・オフィサー》は私が務める。その中心となるのがきみだ」

「私に何をしろと」

「大使館が日本警察と交渉して、この件の特別捜査チームを作らせる。そのチーフとしてジャベリンを回収するんだ」

「支局長」穣は呆《あき》れた。「私は警察庁の一行政官で、それも下級行政官です。チームを作ったりチーフになったりする権限はありません」

「そんなことはわかっている、大使館で動くと言っただろう。そのためには他のアセットも動員する。首尾よくいけば、きみの願っている公安の所属になるかもしれない」

警察に特捜チームを作らせることのできるアセット。穣の頭に、総務課理事官の顔が思い浮かんだ。だが理事官のハンドラーは穣自身で、穣の頭越しにラーウィルが指示を出すとは考え難い。するとラーウィルは、穣も知らない警察上層部のエージェントを擁していることになる。穣は、畏怖《いふ》と警戒の念をもって上司の横顔を見つめた。

「それに一つ間違っているぞ。きみは日本の司法警察員で、捜査権限がある。つまり行政官でもあり執行官でもある。日本の警察組織を利用してジャベリンを回収するんだ」

穣は素早くリスクと利益を検討し、割に合わないと結論づけた。

「大使館や他のアセットの動きによっては、私の素性が明らかになる危険があります。七年間の潜入が無駄になりかねない」

「言ったはずだ、この作戦計画は大統領事実認定に基づき、すべてのアセットが動員される、と。そしてきみはアセットの一つだ」

「現場で働いているのは私ですよ。私の意見は無視ですか」

「無視とは言わないよ。きみには選択肢がある。やるか、降りるか。だが降りるのであれば、きみはラングレーに召喚される」

のっぴきならない状況に追いこまれていることに気づき、穣は唸《うな》り声をあげた。命令を拒否して日本に残る方法もあるだろうが、召喚命令を拒否した人間をＣＩＡが放っておくはずがなく、最悪、穣の素性を日本に伝えるだろう。

「やるなら、最後の書類を見たまえ」ラーウィルが穣の注意を書類に引き戻した。「ドバイ支局の報告を編集し、携行式ミサイルが日本に密輸される、という話にまとめてある。それを企画課の上司に渡すんだ。フィリピンからの情報提供として」

「フィリピン？」

「きみの部署は、フィリピンから研修生を受け入れているだろう。元研修生からの情報提供ということにする」

ラーウィルは、フィリピン国家警察の一人の名を挙げた。日本が協力している「フィリピン共和国国家警察銃器対策能力向上計画」の一環として、日本の警察大学校で研修を受けた人間だ。

「彼は今年の研修の打合せのため、ちょうど来日している。公安の外事がウラを取ろうとしたら、きみへの情報提供の事実を認めてくれる手筈《てはず》になっている」

「彼を吸収したんですか」

「マニラ支局の手柄だよ」

穣は、アジアの全支局がこの作戦のために動いていることを実感した。アセットを総動員するというのは本当のようだ。

車は中央線の高架をくぐった。

「終点だ。きみがその書類を上司に提出すれば、チーフになるよう手筈を整える」

「ミルズと一緒で、あなたもクズですよ」

ラーウィルは口角を吊《つ》り上げ、

「光栄だね。そう、私も愛国心のあるクズだ。さっさと降りたまえ」

と笑った。

3

西条は規制線に立つ巡査にバッジを見せ、捜査員が出入りする路地に向かう。すぐに鑑識員に呼び止められた。

「ちょっと！ 靴！」

いわれて、オーバーシューズをつけていないと気づく。

動転してみっともないと自らを叱咤《しった》し、鑑識員に詫《わ》びてオーバーシューズを貰《もら》い、ついでに毛髪落下防止用のヘアネットを借りて装着する。

角を曲がると、果たして青いビニールシートの壁が現れた。現場は四メートルほどの中央線のない道路で、両側は住宅の外塀、少し先で行き止まりになっているようだ。

ビニールシートの前で、関本が捜査一課の腕章を巻いた年配の男と話をしていた。

「セキ！」と西条は呼びかける。

関本は男に何かいい、二人で西条のほうに近づいてきた。

硬い表情の関本が、西条に「こちらは一課の前谷《まえたに》係長だ」と紹介する。

「関本主任から聞いている。さっそく見てくれ」

西条はうなずき、ビニールシートの端に手をかけた。

三メートル四方ほどの部屋の中央にある遺体を見て、西条の脳は瞬時に市場だと判断を下す。反射的に苦いものが喉《のど》にこみ上げたが、経験の賜物《たまもの》で嘔吐物《おうとぶつ》を呑《の》みこみ、西条の喉が鳴る。前谷の視線を感じた。

その視線を意識から締めだし、西条は仰向《あおむ》けの遺体に近づいて顔の横で膝を曲げる。

遺体は、絶叫を上げていた。顔は土気色で、目は大きく見開かれて眼球がせり上がり、今にも飛び出しそうだ。口は大きくO字に開かれている。両手は宙に突き出され、指先は何かを引っ掻《か》くように曲げられていた。

西条の視線が、首に引きつけられる。喉仏の上あたりで、幅一センチほどの帯状の窪《くぼ》みが一周していた。深さは二、三センチほどもあり、帯のところだけ首の細さが三分の二ほどになっている。それでいて窪みから出血はなく、帯を境に頭側が青白くなっているのに対し、身体側は暗赤色を示していた。

「どうだ」前谷が訊いた。

「間違いありません。市場兆二です。前科持ちですから、照会すれば身上は割れます」

「よし」と前谷がビニールシートの部屋から出る。身元が割れれば、その人間関係を調べる鑑捜査が可能になり、捜査は大きく動きだす。

口の中に湧《わ》く苦いものを飲み下しながら、西条は路面にできるだけ顔を近づけたり、反対側に回ってみたりしながら首を観察する。驚いたことに、上下左右、どの角度から見ても帯は均等の深さで首を一周しているようだった。

「凶器は見つかったのかい」

西条は、ピンセット片手に路上に這《は》いつくばる鑑識員に訊いてみた。鑑識員は無言で首を振り、西条を無視するように作業に戻る。早く出ていけといわんばかりの素っ気ない態度だ。

「財布やスマホは？」

鑑識はうるさそうに顔を上げただけで、答えようとしなかった。

「おい！」

西条が声を荒げると、関本がビニールシートの隙間《すきま》から顔を覗かせた。

「ジョウ、あまりかっかするな。財布もスマホもまだ見つかっていない。元から持っていなかったか、あるいは持ち去られたか」

「お前と待ち合わせしてたんだろう、財布もスマホも持っていたさ。奪われたんだ」

曇天から滴《しずく》が一粒落ちてきた。二つ、三つと雨粒が続き、市場の体に斑《まだら》の模様を付けていく。西条は立ちあがり、市場の遺体に手を合わせた。

「もういいか」

前谷がシートの合い間から顔を出した。どうやら気を遣ってくれていたらしい。西条は頭を下げた。

「おい、ご遺体を運び出してくれ」

前谷の号令で、出動服姿の捜査員が担架に市場を載せ、後ろ付けにされたワゴン車に運びこんだ。西条はもう一度手を合わせる。

「西条部長、話を聞きたい。署に来てくれ」

石神井《しゃくじい》警察署では、特捜本部の設置に向けて署員が慌ただしく立ち働いていた。

西条は小さな会議室に通された。さほど待つこともなく、捜査一課の比留間《ひるま》と名乗る刑事が現れ、事情聴取を始める。西条は、市場を逮捕した経緯や、その供述で兄貴分の暴力団構成員を実刑にできたこと、その後、市場がSを自称して西条に懐くようになったこと、市場からの情報を関本に上げたことなどを話した。

「兄貴分というのは、まだ服役中ですか」

比留間は三十前後だろう。刑事として脂が乗り始めるころだ。西条は、自分が突然老けこんだような気がした。

「昨年、長六四《ながむし》をくらったばかりだ」

「では、その組織関係者は」

「兄貴分の身内が復讐《ふくしゅう》したってか。ないない。組は吹けば飛ぶような弱小だし、盃《さかずき》を貰ったといってもシャブの売《ばい》をするような下っ端だ。そんな奴のために殺しをやるなんて考えられん」

比留間も本気で訊いたわけではなさそうで、軽く顎《あご》を引くとメモをとっていたノートを閉じた。

「ありがとうございました」

「もういいのかい」

「関本主任からも話を聞いていますので。被害者と直接会ったことはないそうですが、電話ではやりとりしていたらしく」

考えてみれば当たり前の話だ。同期に紹介された協力者だからといって、捜査本部や内偵で多忙を極める本庁の刑事がすぐに会うはずがない。まずは電話で話を聞き、それなりにウラをとって会う価値があると判断してから面談するはずだ。

「そうだな、関本のほうが詳しいだろうな」

西条は、市場の私生活をほとんど知らないことに気づいた。ピンク地に犬の小紋のネクタイを選ぶ同居女性がいることぐらいしか知らない。

市場をしょせん逮捕したシャブ中の一人にすぎないと考えていた自分に気づき、微かな自己嫌悪を感じる一方、おセンチになってどうする、と心の中で自分を笑う。

「本部の会議は何時から」

「八時からです」

「俺も出ようか？　いや、出ていいか？」

比留間は困った表情を浮かべ、「私の一存では何とも」と言葉を濁す。

「前谷班長に訊いてみてくれ」

「帳場にとって、西条部長はただの参考人に過ぎません。部長なら、参考人を捜査本部に入れますか」

「俺は刑事だぞ」

「でも一課ではないし、この署の人間でもない」

比留間は申し訳なさそうに、それでもきっぱりといった。正論であり、西条も口を噤《つぐ》まざるをえない。

「希望は班長に伝えます。ただ、あまり期待されても困るので」

比留間が会議室を出ていく。残された西条は、窓の外を見た。雨は本降りとなり、大きな粒がガラスを激しく叩いている。

職業柄、死はいつも間近にあった。巡査を拝命したときから事故現場、事件現場で死体を幾つも見てきたし、クスリで中毒死したり自ら命を断ったりした人間も数えきれないほど見てきた。同僚が殺される場面にも立ち会っている。それなのに市場の死は、意外なほどの徒労感、虚無感を西条にもたらしていた。

しばらく窓の外を眺めていたら、ドアがノックされた。

「腑《ふ》抜《ぬ》けたツラだな」関本が部屋に入ってくる。「会議に出たいんだって？」

「そっちも終わったのか」

「今しがたな。被害者との接点を直接報告してくれと会議に呼ばれている。俺のツレということでなら横に座っててもいいと、前谷さんが」

「俺より電話で話しただけのセキのほうが詳しいとは、まったく嫌になる」

「そんなもんだろ、シャブ中のネタ元なんて。深く付き合うほうがどうかしてる。出席は認めるが発言は一切なし、それが条件だそうだ」

「わかってる、出しゃばるつもりはない」

西条は関本とともに、捜査本部が置かれた大会議室の最後部に陣取った。備え付けのコーヒーを飲みながら、裾《すそ》と靴を濡《ぬ》らした捜査員たちが会議室に続々と入ってくるのを見守る。

石神井署刑事組対課の係長、鳥羽《とば》警部補の司会で会議は始まった。捜査員は四十人ほどで、殺人事件の特捜本部の初動としてはまず標準の人数、規模といってよく、そのことが西条を安堵させた。覚せい剤の前科持ちが被害者となれば、薬物を巡る金銭トラブルを疑うのが捜査の常道といえ、捜査員の張り合いも自《おの》ずと違ってくる。西条は市場がシャブを断っていたと信じているが、多くの捜査員はそうは考えないだろう。

署長、捜査一課長の訓戒のあと、遺体発見の経緯に遡《さかのぼ》って順次報告がなされた。

現場は最寄《もよ》りの幹線道路から二区画ほど入った住宅街で、遺体が発見された路地は奥が空き家の行き止まりになっており、普段から人通りはほとんどない。遺体を発見したのは警ら中の交番巡査だった。

現場から被害者の身元を示すものは見つからなかったものの、被害者を知る府中署署員の人定により素性が割れたという報告がなされ、西条は何となく首をすくめる。

議題は身上関係に移り、覚醒剤取締法違反事件の判決文が読みあげられる。どこからともなく「シャブ中か」と吐き捨てる声が聞こえ、西条は、捜査本部に白けた空気が流れたような気がした。

「被害者は事件後に住居を移しており、現住所について関本主任から聞いた携帯番号をもとに照会中、間もなく明らかになると思われます」

捜査員が座ると、鳥羽が「次、組対五課の関本主任から」と関本を指名する。

「あらかじめ断っておきますが、私は被害者と直接の面識はありません。前科《マエ》の担当であった西条巡査部長から最近紹介を受けたものです」

関本はそんな前口上から始めた。そして現在の市場には反社会的勢力との交流は見られないこと、高井戸あたりで暮らしているらしいこと、一カ月前から小平市に本社を置く株式会社ヒロ・モービルという中古自動車販売店で働いており、同社が中国とロシアへの中古自動車輸出を手がけていることなどを述べる。

「このヒロ・モービルが、チャカを扱っているのではないかと被害者から情報提供がありました」

ヒロ・モービルは二〇〇四年に設立されており、役員は社長の杉橋稔浩《すぎはしとしひろ》と専務の片根順《かたねじゅん》吉《きち》の二人。

「薬物銃器対策課では、ヒロ・モービルへの内偵を進めていたのでしょうか」

司会役の鳥羽が訊く。鳥羽には会議前に関本からの情報が伝わっているはずで、この質問は会議に出席している捜査員たちに聞かせるためのものだ。

「いえ、まだ。被害者から情報提供があり、登記情報と関係者情報を調べたところです。そのうえで、私が被害者に会って詳細を聞く予定でいました」

鳥羽がうなずき、関本は腰を下ろした。

「ヒロ・モービルは株式会社だが、実体はまだ不明だ。組織内のゴタという線も洗う必要がある」

捜査員たちと向かい合って座る、捜査一課の管理官が声を上げた。

「関本主任には引き続き協力してもらう。組対五課長は了解済みだ」

関本が恨みがましい目で西条を見た。関本にしてみれば、会ったこともない市場のために手持ち案件を後回しにし、特捜本部に協力しなければならない。西条も、関本が市場を紹介した自分を恨みたくなる気持ちも分からないではなかった。

――捜査本部にいられるだけマシじゃねえか、俺なんかハナから蚊帳《かや》の外だ。

「次、司法解剖の結果」

鳥羽がいい、二人の刑事が立ちあがる。

「鑑定医は大崎《おおさき》大学医学部法医教室、野呂《のろ》教授です。解剖はまだ続いていますが、現時点での情報を持ち帰りました。被害者には頸部《けいぶ》を一周する帯状陥没があり、その幅は一・五センチ、深さは二センチから三センチ。帯状陥没部には皮下出血と筋肉内出血を伴い、また、甲状軟骨左右上角骨折を認める。この頸部絞痕は、陥没幅に一致する、表面平滑な帯状の索状体を強く絞索することにより生じたと認められる。死因は絞頸による急性窒息。教授によれば、これだけ深く凹《へこ》んでいるのに陥没部の皮膚に剪断《せんだん》が見られないのは珍しいとのことでした。また、帯状陥没が綺麗《きれい》に一周しており、上下に重複している箇所《かしょ》がないことも珍しいとのことです」

「重複とは？」

「これだけの力を加えるには、首に索状体を巻きつけて力を加えるのが普通ですよね？　そうすると、どうしても索状体が重なる部分が出てきます。ところが、この遺体にはその重複箇所が見られない。教授も初めての経験だそうです」

「よく分からん。どういうことなんだ」前谷が苛立《いらだ》たしそうに割りこむ。

「教授が言うには、首輪のようなものが締まった、というのが一番近いそうですが、それでもこんな綺麗な均一な痕にならないだろうと」

「おいおい、凶器は犬の首輪か？　シャブ中でＳＭの変態趣味か。やってられねえなあ」

捜査員のなかから野次《やじ》が飛び、同調する笑いが広がる。

「静まれ。教授は首輪のようなもの、と言ったに過ぎない。察するに輪っか状のものが締まったということを言いたかったのだろう。まあ、被害者にＭのケがあったのかは調べる必要があるだろうが」

いいながら管理官も笑みを浮かべている。西条は机の下で拳《こぶし》を握りしめた。

「次、鑑識お願いします」鳥羽も薄く笑いながらいう。

鑑識服を着た若い係官が立ちあがったとき、制服姿の男が会議室に入ってきて署長に耳打ちする。警視の階級章からして副署長のようだ。

耳打ちされた署長は戸惑ったような表情を浮かべ、隣に座る捜査一課長の耳に顔を寄せる。捜査一課長は隣の管理官に、管理官はさらに隣の前谷に何かを伝えた。その間に署長は刑事組対課長の耳に何か囁《ささや》いている。

前谷が立ちあがった。

「いったん休憩する。再開は十分後。マスコミの耳があるから騒ぐなよ、お前ら」

幹部らが慌ただしく大会議室を出ていく。若い鑑識係は立ったまま呆気《あっけ》にとられていた。

「おいおい、どうなってんだ」関本が姿勢を崩しながら呟《つぶや》いた。

「見たまんまさ。外からの連絡で会議が中断した」西条は椅子を後ろにずらし足を組む。

「それにしたって、捜査会議には四十人からの捜査員が参加してるんだ。外からの連絡でほいほい中断していいものじゃないだろう」

「だから、四十人からの捜査員を待たせることのできる人間が連絡してきたってことだ」

「それって……」

「一課長が慌てて出て行った。一課長を呼びつけることのできる人間はそういない」

「刑事部長か」

「刑事部長ならあんなに慌てないんじゃないか。それに帳場のトップは刑事部長だ、本来出席すべき初回の会議中に、一課長を呼び出すような真似はしないだろう。もっと上だと俺は見るね」

「副総監、総監、あとはサッチョウのお偉方……」

「何にしろ、嫌な感じだ」

　きっかり十分後、刑事組対課長と前谷だけが戻ってきた。

「指示を伝える。捜査会議はここまで。本庁の人間は桜田門に、機捜隊員は分駐所に戻れ。各所属長から今後について連絡がある」

　前谷がいい、あとを刑事組対課長が引き取る。

「署の人間はこのまま。これから公安機捜と公安総務が合流する」

　捜査員から呻《うめ》き声が上がった。

「公安に召し上げられたか。こりゃオミヤ入りだな」

関本がいい終わる前に西条は立ちあがり、「ちょっと待ってくださいよ。なんで公安が出てくるんですか」と声を上げた。捜査員の視線が一斉に集まる。

「なんだ、お前は」

刑事組対課長が訝《いぶか》しげに西条を見るのを、前谷がとりなす。

「府中署の西条巡査部長だ。ホトケは、彼のSだった」

「事件を渡してどうするんですか。ハムにコロシの捜査ができるとでも」

そうだそうだ、という囁きがさざ波のように広がり、「お前らは黙ってろ！」と前谷が一喝してから西条にいう。

「公安に事件を渡すわけじゃない。帳場は解散しないし、私の班もこの特捜に所属したままだ」

「だったらなぜ本庁に帰るんです。ここに籍を置いたままにするのは、おおかた、一課と公安の共同捜査という形を整えるためでしょう」

「いい加減にしろ」刑事組対課長が怒りの籠った口調でいう。「事件を置いてく前谷班長の気持ちも考えろ。それに公安と付き合うこっちの身にもなってみろってんだ」

前谷の顔には何の表情も浮かんではいない。だがその無表情の下に、上からの指示で事件を取り上げられた憤りと、部下の手前、それを露《あら》わにできない中間管理職としての諦めの境地が窺え、西条は言葉に詰まった。

西条にしても宮仕えの辛《つら》さは身に沁《し》みている。被害者が市場でなければ、捜査員たちの目の前で前谷に食ってかかったりしなかった。

「西条部長にも何か指示があるらしいから、署に帰れ」

優しくも聞こえる前谷の声に、西条はうなずくほかない。

関本がやれやれとでもいうように、椅子の上でだらしなく体を滑らせた。

4

「なぜ殺した！」

激高する杉橋社長を、鈍《にび》色のスプリングコートに身を包んだアレクセイエフが鼻で嗤《わら》う。

神谷町《かみやちょう》にあるマンションの一室、部屋の中央で二人は対峙《たいじ》していた。部屋に家具類は一切なく、壁際にパイプ椅子が二つ置いてあるだけだ。

ジョヌグリュールはその一つに腰かけていた。もう一つの椅子には、ロシア大使館一等書記官で連邦軍参謀本部情報総局の大佐、GRU《GRU》日本支部長も務めるエフセイ・ボロージンが座っている。栗毛《くりげ》の髪は几帳面《きちょうめん》に七三で分けられ、髪と同色の瞳は冷酷さを湛《たた》えていた。

「警察は俺のところに来るんだぞ。どうすんだよ！」

築年数が経っている古いマンションだが、コンクリート壁は厚く、窓や扉には防音材が打ちつけてあり、天井の通風口は塞《ふさ》いである。叫び声が外に漏れる心配はない。マンションは、監視カメラに晒《さら》されることなくロシア大使館、ボロージンの自宅のそれぞれから辿《たど》りつける位置にあった。

「どうもこうもない。それを処理するのがお前の仕事だ」

アレクセイエフの小馬鹿にした物言いに、杉橋が摑みかかる。

非合法工作員と知って挑むとはいい度胸だが、大バカ者だ。ジョヌグリュールは冷ややかに成り行きを見つめている。

多くの東スラブ人がそうであるように、アレクセイエフは骨格は太いが背はさほど高くなく、日本人にしては長身の杉橋の肩あたりまでしか上背がない。杉橋は覆いかぶさるようにアレクセイエフの襟首を捉《とら》えようとした。

アレクセイエフはダッキングして杉橋の手をかわし、そのまま右の側面に回り込む。右手が閃《ひらめ》き、パチン、と杉橋の首元で音がする。

杉橋の首に灰色の輪が掛かっていた。

アレクセイエフが右手をかざすと杉橋の顔が青くなっていく。輪が締まり首を絞め、気道を閉塞しているのだ。杉橋が肌に食い込んだ輪を剝《は》がそうと首元を引っ掻き、紅をひくように幾つもの赤い筋が首に描かれていく。

下手くそ、とジョヌグリュールは心の中で毒づいた。自分であれば吉川線《よしかわせん》を作らせることなく、速やかに気を失わせることができるのに。

「それくらいにしておけ」

ボロージンが命じた。アレクセイエフは、杉橋にかざした右手を下ろし、手を閉じた。

ジョヌグリュールは嘆息する。それではさらに輪が締まってしまう。

社長の体が前のめりに倒れた。

「従業員が死んだときも、同じような動作を？」

ジョヌグリュールはアレクセイエフに尋ね、アレクセイエフがうなずく。

「収縮を止めるには、まず手のひらを閉じて。手を開いたまま腕を下ろすと『バンド』は収縮を続けます」

アレクセイエフが、ああ、と納得した表情を浮かべる。

市場も社長と同じように誤動作で殺したのだろう。バンドがアレクセイエフに支給されてまだ一カ月だ。微弱電波と磁気を使用するバンドの操作を、たった一カ月で習熟するのは難しい。

師ともいうべき指導官からジョヌグリュールがこの道具を渡されたのはまだ十二歳のころで、初めて作戦で使用したのは十五歳になってからだ。三年間の習熟期間でようやくすべての機能を習得し、実戦を経て〝ジョヌグリュール〟の通り名とともに工作員の地位を引き継いだ。だからバンドはジョヌグリュールを象徴する暗殺具といえるが、ジョヌグリュール自身はそれに特別な思い入れがあるわけではない。道具はしょせん道具だ。だから対外情報庁《ＳＶＲ》が、ＧＲＵの破壊工作員に拷問《ごうもん》具として予備のバンドを提供すると決めたときも抵抗することなく受け容れた。

「勝手に死体を増やしおって……これだから我々は雑だといわれる」

ボロージンがアレクセイエフを叱《しか》り、ジョヌグリュールは目元だけで冷ややかな笑みを浮かべた。

実際、ＧＲＵが実行する作戦は、粗雑なものが多い。結果、こうしてＳＶＲである自分たちが駆りだされることになる。今回の任務も、密輸自体はＧＲＵが実行するが、偽装工作を同僚のゾゾンとともに担当することになってしまい、さっそく市場の部屋を荒らすよう指示された。今日もバンドの使い方をアレクセイエフに教えるため、この部屋へ呼びだされている。ＧＲＵの作戦などにジョヌグリュールは関《かか》わりたくもなかったが、本国の命令となれば仕方ない。

「死体は自分で処理しろ、イーゴリ。それで従業員はどこまで情報を渡していたのだ」

「海図の写真を撮ったのは、監視カメラからも間違いありません。本人によれば、一緒に暮らしている女には話したと。後はちょっと」

「殺してしまうからだ。空き家に連れていけとあれほど言ったのに」

「一緒に働いていましたが、奴は私を警戒し始めていました。空き家に連れこむ前にバンドを嵌《は》めざるをえなかったのです」

アレクセイエフが表情の乏しい目でボロージンに弁解する。ジョヌグリュールはそれ以上時間を無駄にすることに耐えられず、椅子から立ちあがりながらいった。

「海図の件はゾゾンに伝えます。アレクセイエフ、バンドの収縮停止にはまず手を閉じて。覚えておいてください」

5

「警視庁公安部に派遣だ。参事官付。特命チームを率いてもらう」

穣は会議室に呼びだされ、上司の企画課課長に言い渡された。他に人はいない。課長の前に立つ穣は、できるだけ自然に聞こえるように驚きの声を上げた。

「何でまた突然」

「きみが拾ってきた密輸の情報を、公安部が扱うことになった」

「警視庁に情報を渡せば役目は終わりだと思いますが。それに武器密輸は公安ではなく銃器対策課の仕事でしょう」

課長は、椅子に背を預け、選良そのものの顔を歪《ゆが》めながら腕を組んだ。

「そうだよなあ。俺もそう思う。海のものとも山のものとも知れない情報で、庁を跨《また》いで人を動かすなんて聞かない話だ。何か思い当たるふしはないか」

課長が困惑したような、それでいて疑うような目を穣に向けた。課長は一貫して総務畑を歩いてきており、公安との縁は薄いが、それでもキャリアとして最低限の公安教育は受けている。企画課は長官官房の筆頭課ではないものの、課長の席に無能な人間が座ることはなく、この課長も出世レースでも先頭グループにいるはずだ。

「まったく思い当たりません。どういう事情なんでしょう」

課長は穣をじっと見つめていたが、やがて穣に対する猜疑心《さいぎしん》を解いたのか、肩の力を抜いた。

「それがなあ、横槍《よこやり》が入ったらしいんだ。端緒を摑んだ人間に捜査を継続させろと」

「横槍？　検察ですか」

「いや、国家安全保障局」

「内閣官房ですね」

日本の国家安全保障局は内閣官房のなかに置かれている。

「いや違う、海の向こうだ」

「アメリカ合衆国……」

「そう、ＮＳＡだ。外交ルートを通じているから、直接には大使館からだが」

穣はまた驚いたふりをする。実際、ＣＩＡではなくＮＳＡが動いたことに少なからず驚いていた。ＣＩＡ全支局のみならず、全諜報機関が動きだしている。

「合衆国がなぜ？」

「俺も聞かされていない。だがＮＳＡが乗り出してきたということはだ、武器の出所は米軍で、アメリカは確度の高い情報を摑んでいるということだろう。うまく処理できれば公安部はアメリカに貸しができる。それもかなりでかい貸しだ。それで多少の無理を聞いても、できることは何でもしてやろう、というところじゃないか」

公安部の思惑《おもわく》としてはそのとおりかもしれないと思いつつ、ラーウィルはそんな思惑まで見透かして動いているのだろうと穣は考える。

「公安部の思惑はそれとして、官房《うち》としてはどうなんですか」

「どうもこうもないさ、今の官房長は公安畑が長い。それでだ、武田くん」

課長が身を乗りだし、声を潜めていう。

「向こうに行っても、私との連絡を絶やさないようにして欲しい」

改めて課長の顔を見ると、課長はわかるだろうというようにうなずいた。

要は、課長も公安部の貸しに一口乗りたいのだ。公安部が合衆国に貸しを作ったという事実と、その原因を知っているということは、キャリア間の出世争いにおいて不利にはならないと踏んだのだろう。

「上司との連絡を絶やさないようにするのは当然だと思うが、どうかね」

「おっしゃるとおりです。連絡を絶やさぬようにします」

穣が頭を下げると、課長は満足げな表情を浮かべる。もとより、穣には課長の指示に従うつもりはない。


穣が出頭を命じられたのは、六本木《ろっぽんぎ》駅から近い高層ビルの一室だった。

エントランスに警備員が立ち、エレベーターホールの前にはセキュリティ・ゲートがある。穣は、課長から渡されていたカードキーを使ってゲートを通過し、無人のエレベーターに乗りこんだ。目的のフロアのボタンを押したが、反応がない。よく見ると、開閉ボタンの下にカード読取り装置が設置されている。そこにカードキーをかざすと、目的のフロアのボタンが点灯した。

閉ボタンを押そうとしたところで、女性が小走りで向かってくるのが見え、開ボタンを長押しする。スニーカーを履いた女性がエレベーターに駆けこんできた。

「ごめんなさい、ありがとうございます」

女性は頭を下げてから、ほうっと息を吐く。背中に木の棒が差しこまれたような姿勢が、女性の職業を語っていた。

女性は、穣に背を向け、首から下げたカードをエレベーターの読取り装置にかざそうとして、小首を傾《かし》げる。行先のフロアのボタンが、既に点灯しているのに気づいたのだ。エレベーターのドアが閉まったところで、穣に向き直る。

「会社の方ですよね」

「ええ、総合庁舎のほうですが」

「総合庁舎？　サッチョウですか」

穣はうなずき、誤解されぬように補足する。

「総合職じゃありませんよ。旧Ⅱ種の一般職。企画課係長……元係長の武田といいます」

「あなたが武田係長」

女性が嬉《うれ》しそうに笑った。目尻が下がり、大きな目が三日月のように細められる。女性警察官に特有の冷たさが消えて、日なたを思わせる柔らかな笑みにつられ、穣も笑みを浮かべた。

「関東管区のサイバー特捜隊係長だった藤堂《とうどう》です」

「よろしく。どうして僕のことを？」

「私は昨日からこっちに異動になって、係長のことは聞いてました」

どんなことを聞いたのだろうと思ったが、それよりも穣は、藤堂の自己紹介で引っかかったことを訊いた。

「藤堂さん、管区の特捜隊係長ということは、階級は警部？　学校の年次は」

藤堂は、「私も武田さんと同じ、一般職採用なんです」といって、二つ下の期を告げた。

「それは優秀だ」

穣は感嘆の声を上げた。穣の昇級も早いほうだが、藤堂のは間違いなくスピード出世の類《たぐい》だ。

「サイバー特捜隊に異動になったときに、階級が一つ上がったんです。女性の係長が欲しかったらしくて」

「そんなことで警部にしたりしないさ。実力あってこそ、だ」

「ありがとうございます」

藤堂が恥ずかしそうに笑い、武田を上目遣いで見ながら「武田さんが捜査班を率いるんですよね」と訊いた。

「それが何も聞いてなくてね。さっき辞令を受けたばかりなんだ」

藤堂が大きくうなずく。

「今回の招集は急でしたもんね。私のところも、隊長が驚いてました。せっかくの女性係長を手放さなきゃならないので、当てが外れたって顔で」

「サイバー犯罪の捜査に、捜査官の性別なんて関係ないだろう」

「だからこそ、ですよ。警察庁初の捜査隊でしかも男女均等の職場なんて、いいアピールの場じゃないですか」

藤堂がまた笑った。楽しい職場になりそうだ、と穣の心も浮き立つ。

エレベーターを降りると毛足の短い青味がかった灰色のＯＡフロアカーペットで、左右に廊下が伸びており、それぞれの突き当たりに白く塗られた金属のドアがある。

藤堂は右に進み、ドアの横の壁に設置された読取り装置にカードキーをかざし、さらにその上にある虹彩《こうさい》識別装置に右目を近づける。ドアが開錠される音がした。藤堂が穣を振り返る。

「ここは一人ずつ通過するようになっています。二人以上が通過しようとすると警報音が鳴り、自動でドアが閉まります。挟まれたら大変ですので気を付けて」

「大変というと？」

「完全に閉まるまでドアは止まらない、ということです」

「ユーザー・セーフティの発想はないわけね」

「ユーザー・セーフティですよ。ユーザーが個々の人間ではなく組織だというだけで」

藤堂が、おあいにくさまといった笑みを浮かべる。

「僕は虹彩登録していない」

「大丈夫、私が昨日、登録しておきましたから」

いつ虹彩紋様を採取されたのか。穣は藤堂を見つめたが、藤堂は笑みを浮かべたまま、ドアを三十センチほど開けるとその隙間に体を滑りこませるようにして消えた。

穣は力ードキーをかざし、右目を装置に近づける。ドアの解錠音が鳴り、穣は扉を開けた。廊下が伸び、突き当たりは全面ガラスの窓でT字路になっている。その半ばあたりで藤堂が待っていた。穣が追いつき、二人は突き当たりまで進んだ。

全面ガラスの足元には、高い陽射《ひざ》しに照らされた東京の街並みが広がっている。遠くに新宿副都心の高層ビル群が見え、スカイツリーが意外と近くに見える。実際は距離があるのだろうが、その巨大さが見る者の遠近感を狂わせていた。

「いい眺めだ。東京が平野にあるとよくわかる」

「面白い表現」藤堂が笑う。

「こんな高層階を押さえるなんて、公安は金を持ってるんだね」

「セキュリティを考えて高層階にしたらしいですよ。周りのビルから見られたり襲撃されたりしないように。同じ理由で、シチュエーション・ルーム、サーバー・ルーム、会議室はフロアを一周する廊下の内側に配置されています」

「シチュエーション・ルーム？」

「捜査班の指令所、武田さんが指揮をとる場所です。といっても、少人数の捜査班なのでこぢんまりとしていますけど。芝《しば》公園庁舎との直通ラインで本部や本庁のデータベースとダイレクトに通信できるようになっていますし、警電もひかれています」

わかるようなわからないような説明だったが、見たほうが早いだろうと思い、穣はそれ以上尋ねなかった。

二人で並んで道行く人を見下ろしていると、「武田警部」と左手から声がかかった。若いスーツ姿の男が歩み寄ってきて、頭を下げて敬礼する。

「警視庁公安総務課の土浦《つちうら》です。会議室にご案内いたします」

穣は土浦について廊下を進んだ。その後を藤堂がついてくる。

「こちらです」

会議室、という素っ気ないプレートが貼りつけられたドアを土浦が開き、穣に道を譲る。

長机がロの字形に並べられ、中央の床にはそれぞれの机に向けてモニターが置かれている。部屋の壁は音漏れを防ぐための吸音加工なのか、一センチほどの幅で縦に凹凸がついていて、あたかも黒いペンキで縦縞模様を描いたように見える。

一番手前の机に座っていた男が、首を捻って穣を見た。五十絡みの胡麻塩《ごましお》頭で、銀縁眼鏡を掛けている。その奥、胡麻塩頭の右と正面の机にもそれぞれ男が座っている。

胡麻塩頭と右の机の男は同じような紺色のスーツを着ている。穣はすぐに胡麻塩頭は公安幹部、もう一人は叩き上げの刑事だと見てとった。胡麻塩頭のスーツは繊維の流れが揃っていて光沢があるのに比べ、奥の男の上着は皺《しわ》が寄って表面もやや毛羽立っている。男は気怠《けだる》い表情を浮かべて椅子にだらしなく座っているが、表情とは裏腹にその目が素早く自分を値踏みしたのを穣は見逃さなかった。

もう一人、胡麻塩頭の対面に座るジャケットを着た三十代前半ぐらいの男は警察官ではなく技官だろうと穣は見当をつける。

「課長代理、武田警部をお連れしました」

穣の背後からの土浦の声に、胡麻塩頭がうなずく。

「藤堂さんも一緒ですね。これで全員揃いました。二人はそちらの席に座ってください」

穏やかな声で胡麻塩頭がいい、左の机を手のひらで示した。その言葉に従い、穣と藤堂は腰を下ろす。

「公安総務課で課長代理をしている河村《かわむら》です。どうぞよろしく」

言葉使いは丁寧で人当たりも柔らかいが、穣は気を引き締めた。公安総務課の課長代理といえば、公安部筆頭課のナンバーツーだ。

その名前からして公安総務課は事務処理を扱う部門のような印象を受けるが、実体は幅広い捜査権限を持つ実働部隊だ。公職選挙法違反事件や左翼団体の調査などを扱うほか、「サクラ」「ゼロ」といった符牒《ふちょう》で知られる防諜部隊のメンバーも公安総務課に属している。藤堂がいた関東管区警察局サイバー特捜隊も、元を辿れば公安総務課内にあったサイバー攻撃特別捜査隊に行き着く。

課長代理というからには河村も防諜の知識は豊富だと考えて間違いない。

「さて、これから本部にいる参事官と繋ぎます。座ったままで結構ですから」

河村の脇に立っていた土浦が、机に置かれているノートパソコンを操作する。中央に置かれたモニターに、スーツを着た女性の上半身が映しだされた。

近ごろ頻繁にテレビに出演し、公安部参事官という肩書と整った顔立ちで世間から注目を浴びている美和《みわ》麻衣子《まいこ》警視長。穣もテレビで顔を知っていた。

「参事官、揃いました」

河村が、書類を読んでいるらしい美和に呼びかける。

美和が顔を上げた。穣は、画面越しに美和と目が合ったような気がした。おそらくモニターにはカメラが設置されていて、この部屋にいる一人ひとりの顔が美和にも見えているはずだ。

「参事官の美和です。我が国に武器が大量に持ち込まれるという情報が、複数の情報筋からもたらされました。これを看過すれば、我が国の治安に重大な脅威となることは明白です。ましてや市民に危害が及ぶことは何としても避けねばなりません。そこで、各所から精鋭を集めました。このような形で調査にあたってもらうことになった事情は河村課長代理に説明してもらいますが、皆さんならば間違いなく任務を遂行してくれるものと信じています。では河村さん、よろしく」

美和の映像が消える。

「さて、お聞きになったとおり、私を除いたこの部屋にいる人間で、調査班を組んでもらいます。私はこの調査班と上との調整役だと思ってください。まず班員を紹介しましょう。警察庁長官官房企画課から、武田穣警部」

立ちあがるべきか穣は迷ったが、参事官の訓辞を座って聞いた手前、ここで立つのも憚《はばか》られ、なによりこの会議自体がそのような形式ばったものからは縁遠いように思えて、座ったまま頭を下げた。

「武田警部には班長として、この班の指揮を執ってもらいます」

起立しなかったことを気にする素振りを見せず、河村が続ける。

「関東管区警察局サイバー特捜隊から、藤堂綾美《あやみ》警部」

綾美も立つことなく頭を下げた。

「府中警察署刑事組対課から西条勇太郎巡査部長。組対五課にもいたベテランです」

おや、と穣は思った。紹介を受けても西条は顔をしかめただけで、頭を下げることもしない。課長代理の階級は警視のはずで、巡査部長とは三つも階級が違う。西条の態度は反抗的といってよいものだった。

しかし河村は、西条の態度にもいっさい表情を変えることなく、穏やかな口調で言葉を続ける。

「警察庁情報通信局、今はサイバー警察局ですが、仲丸秀樹《なかまるひでき》技官。サーバーと情報通信設備の技術面を担当してもらいます」

　ジャケットを着た男が頭を下げる。髪型も服装も垢《あか》ぬけていて、警察官でないというのも納得だ。

「サーバー・ルームはこのフロアの半分を占めています。サーバーといっても情報の蓄積はほとんど行わず、本部や本庁との通信を暗号化したり、逆に暗号化された通信内容を解読したりといった作業を行うものだそうです。サーバー・ルームには、仲丸さんのほかにも技術者が出入りする予定ですので、保安上、シチュエーション・ルームに出入りする動線とは分けてあります。エレベーターを降りて、皆さんは右の扉を使ったと思いますが、あれを左の扉にいけばサーバー・ルームです。そして最後に、公安総務課の土浦くん」

　河村の脇に立つ土浦が敬礼する。

「土浦くんは連絡役として残していきますので使ってください。以上が調査班の初期メンバーです」

「まさか、技官を除いたこの四人で捜査しろとでも」

　西条が座ったまま発言する。そんな西条の態度を咎《とが》めることなく、河村はにっこりと笑った。

「人員については要請に従い応援を回します。西条部長は、これまで員数がそのまま武器となる特捜本部での捜査が多かったでしょうから不安だとは思います。しかし今回のような案件は、員数よりも予算と権限がモノをいいます。その両者については、公安部参事官の直轄ですから、かなり強力ですよ。必要があれば土浦を通じて遠慮なく言ってください。最大限の便宜を図りましょう」

納得した顔ではなかったが、西条は腕を組んでとりあえず黙った。

「さて、先ほど参事官がおっしゃった武器密輸入の情報は、三つの情報源からもたらされました。一つは、西条巡査部長の協力者から。これについては西条部長から直接説明してもらいましょう。次に、武田警部のカウンターパートの外交官から。これも武田係長に説明してもらいます。最後に、アメリカ大使館を通じて外務省、そして公安外事に。ここに外事の人間はいませんが、これについては私から説明します。では、西条部長、お願いします」

「ちょっと待ってください」

腕組みを解《ほど》きもせず、西条はいった。

「まずは、ここに集められた事情ってやつをお聞かせ願えませんかね」

「なんだ、その口の利き方は」土浦が口を挟む。「敬意を払え！」

「敬意だあ？」

西条は両手を机について立ちあがり、首を回しながら土浦を見る。

「行儀がいいことで。おおかた、きらきら星で公安に入ったクチか。こっちはコロシの帳場をお宅らに取り上げられて、署に戻ったとたん、ここへ出頭しろと言われたんだ。事情を教えてくれと言って何が悪い」

　機動隊と地域《警ら》課を往復しながら昇任試験を受け続け、階級の星を増やした者を、機動隊のキと警らのラをかけてきらきら星という。なるほど土浦の体格は機動隊にもふさわしいものだと穣は納得する。

「西条巡査部長、私は警部補ですよ。態度に気をつけたらどうですか」

　窮して階級を持ちだすあたり底が知れている。公総も人材不足らしいと穣が呆れたところで、河村の顔つきが変わった。目を吊り上げて「偉そうな口をきくな！」と土浦を叱責し、場が静まり返る。

　しかしゆっくりと正面に向き直ったとき、河村の顔は穏やかな表情に戻っていて、何事もなかったように続ける。

「失礼、土浦はまだ経験が浅くて、物事の道理がわかっていません。西条部長の憤りももっともです。西条部長のいう特捜本部は、西条部長に情報を提供した協力者が被害者なのですから」

「つまり、本事案の関係者が殺された、ということですか」

　穣が尋ね、河村がうなずく。

「被害者は、西条部長がSとして運用していた人間でした」

「違うよ、俺はあいつを自分のSだと思ったことはない」

西条が反論したが、その言葉に力はない。西条は腰を下ろした。

穣は「なんで公安が取り上げた……引き継いだんです？」と河村に尋ねた。

「理由は簡単で、アメリカが事件を大ごとにするのを望まなかったからです。西条部長と武田班長の話の後で、と思いましたが、先に話しておいたほうがよさそうですね」

河村が横を向き、直立不動の土浦に合図を送る。土浦はノートパソコンの上で身をかがめ操作する。目の前のモニターに、穣の見慣れた顔が映しだされた。

「エドマンド・ラーウィル。駐日アメリカ大使館参事官ですが、それは表向きで、CIA東京支局長であることは公然の秘密です。先日、彼が公安部を訪れ、美和参事官と面談しました。その内容は、米軍の携行式ミサイル三十基が行方知れずとなり、それが我が国に持ち込まれると信じるに足る情報がある、というものでした」

西条が「ミサイル？」と眉をひそめた。

「その会談前に、西条部長から大量の拳銃が密輸入されるという話が本庁に上がっていました。殺された協力者、市場兆二からの情報です」

モニターの画面がラーウィルから、金髪のモヒカンに赤い眉の、若い日本人の男の写真に切り替わる。

「情報は薬物銃器対策課に上がり、公安総務課にも伝わりました」

「ちょっと待ってください。俺は五課の同期に話しただけで、それがなんで公安に伝わってるんです」

「武器密輸はそのままテロに直結しかねません。刑事、公安の枠を超えて情報は共有されます」

「御説ごもっともですが、公安から刑事に情報が入ったって話は聞いたことがありませんね」西条が皮肉交じりにいう。「おおかた公安出身の薬物銃器対策課の人間が、公安総務に情報を流したんじゃないですか」

伝統的に仲の悪い刑事部と公安部の垣根を取り払おうと、警察上層部は公安部と刑事部の人事交流を推し進めている。しかしその実体は、公安部の捜査員が刑事部に浸透し、刑事部の情報を吸い上げる機能しか果たしていないとは穣も耳にしていた。

「情報共有が進むのは素晴らしいことです」

西条の皮肉に動じずに、河村はモニターに目を戻し、土浦にまた合図する。

モニターの画像が切り替わり、穣にとって見覚えはあるが何の思い入れもない、フィリピン国家警察幹部の顔写真がモニターに映る。

「そして、ラーウィル氏の訪問とほぼ同時に、武田警部と交流のあるフィリピン国家警察の幹部から、非合法の武器市場で携行式ミサイルの取引がなされ、引渡地は日本だ、という情報提供がありました」

モニターの画面がまた切り替わり、ラーウィル、市場兆二、フィリピン国家警察幹部の名前とその横に暦日が表示される。国家警察幹部の横に表示された暦日から、それぞれの人物から情報が入った日だとわかる。

「異なる三つの情報源から、同時期に同様の情報がもたらされた。我々は信用に値すると判断し、正式に調査を開始することにしました。

ただし、アメリカ大使館から一つの要求が出されました。それは、この情報を知る者を、できるだけ限定すること。理由ははっきり言いませんでしたが、推して知るべしです。行方不明になった米軍の携行式ミサイルを、特捜本部の大勢の捜査員が『これ知りませんか』とあちらこちらで聞き回るような事態は、アメリカとしては歓迎できないでしょう。

そこで我々は、これまでに情報提供者に接した者、つまり武田警部と西条部長を中心に班を組んでもらい、調査してもらうことにしました。目的は密輸を阻止し、かつ、武器を回収すること。そのためには手段を問いません」

河村が西条を見る。「西条部長、納得いただけましたか」

西条は足を組んだまま少し考えていたが、やがて「いいや、納得できませんな」と河村を見返した。

「今の話の要点はミサイルを大人数で探すな、ということであって、コロシの特捜本部を解散する理由にはならない。ミサイルに触れずに特捜本部の捜査を進めることもできたはず。あと、この捜査班の目的はミサイルの回収だといったが、殺人犯や密輸犯には興味がないのか」

　なるほど捜査班に選ばれるだけあって馬鹿ではない。反抗的な態度はともかく、うまく使えば班の戦力になるかもしれないと穣は西条を評価した。

「ミサイルに触れずに殺人犯を突き止めることは困難なんです。というのも、我々はおよそ犯人の見当がついていています」

「……犯人がわかってるのか」西条が気色ばむ。

「犯人ではなく、犯行組織の見当というべきでしょうか。我々は被害者が勤めていた会社に監視を付けましたが、社長とロシア人従業員の姿が確認できなくなっています」

「見当がついているってのは、姿を消したことだけが理由か。公安ってのは甘いところですな。帳場でそんなことを言ったら、顔を洗って出直してこいと言われますぜ」

「もちろんそれだけではありません。犯行組織に見当がついているというのは、ある根拠があります」

　河村が土浦を見て、土浦がノートパソコンを操作する。

「市場さんの遺体です」土浦がいう。

　中央の大型モニターに、路上に倒れたスーツ姿の男を上から俯瞰《ふかん》した写真が映しだされる。穣の視線は、異様な首に釘《くぎ》づけになった。

　ジョヌグリュール、と穣は心のなかで呆然《ぼうぜん》と呟く。こんなところで、という驚きと、ついに、という感慨とが同時に湧きあがる。警察庁に入庁してからの七年という歳月に盛り立てられるように後者の感情が全身に広がり、それを誰にも悟られぬようにするため、穣は椅子の肘掛けを強く摑まなければならなかった。

「西条部長は実際にご覧になっていますね。首のところ、まるで首輪が嵌まっているようでしょう。実際は一・五センチ幅の溝がついているんです」

　河村がいい、土浦が操作して首の帯状の窪みが拡大される。

「首を一周する深い溝がついているのに、出血はない。きわめて特徴的な絞頸方法です。実はこのような被害者は、市場さんが初めてではありません。十年以上前、東ヨーロッパで、似たような態様でロシア人亡命者が立て続けに殺されたことがありました。また、我が国でも今から六年前、ロシア人のジャーナリストが東京で殺されました」

　入庁二年目に耳にした、ジョヌグリュールによるものと思われる殺人事件。穣は情報収集に努めたが、やがて聞こえてきたのは政治的な決着だった。

「その事件の捜査は行われたんでしょうな」西条が皮肉っぽく訊く。「それとも、同じように公安が蓋をした？」

　土浦が怒りの表情で口を開きかけたが、河村の叱責を思い出したのか口をつぐみ、睨み殺そうとするかのように西条への視線に力を入れる。

「蓋をしたわけではありませんが」

土浦に目を遣《や》ることもなく、河村が飄々《ひょうひょう》と答える。

「ただまあ、事件は迷宮入りしました。でもそれは、被害者側が捜査への協力を拒んだからです」

「被害者側が？」西条が戸惑う。

「ええ。ロシア人はイギリス留学の経歴があり、ＭＩ６の協力者と目されていました。そして、ＭＩ６は捜査の継続を望まなかったのです」

「どういうことだ」

「はっきりいえば、ＭＩ６はそのジャーナリストを使ってロシアの秘密を盗みだそうとし、ロシアは防諜活動としてそれを妨害した。我われはそう考えています」

「この東京で、スパイ戦争が行われているとでも」

「子供じみた言い方ですね。ですが、そう、今も昔も東京はスパイ戦争の舞台なのです。この首の痕をもう一度見てください。これはロシアが開発した暗殺兵器です。西側の分析では、直径二〇センチから五センチまで伸縮自在のリング状の物体で、滑らかで均一の表面を持ち、何らかの動力を内在していて被害者の首に巻きつき絞めつける。おそらく拷問と暗殺、両方に利用できるよう開発されたのでしょう。これにはチャイナリングという符牒が付いていて、名付け親はＭＩ６です」

「チャイナリング？　ロシアンリングではなく？」

「チャイナリングは、マジックで使われるリングの通称です。切れ目のないリングが繋がったり外れたりするショーがあるでしょう。あのリングのことです。不可思議なものを『チャイナ』と称する風潮が昔の欧米にはありまして、その名残りかと」

「トリビアはともかく、チャイナリングとやらを使う犯人は特定されてるのか」

「いいえ。ロシアの諜報員だろうと推測されているだけです。証拠があるわけではない。チャイナリングの使い手が一人なのか、それとも複数なのかも不明です」

「なんだそれ、殺人犯は野放しってことじゃないか！」

「暗殺者はただの駒《こま》です。それに暗殺者が外交官のカバーを持っていたら、下手に捕まえると外交問題になりかねない。ロシアは、私たちが事件に蓋をした……迷宮入りした事実を知っている。それは私たちのあの国に対する貸しになる」

「国益ってやつか」

「そのとおりです」

西条は上を向いて大きく息を吐いた。

「一つ教えてくれ。市場のスマホは現場から見つかってなくて、犯人が持ち去った可能性が高い。位置情報は摑めなかったのか」

河村は銀縁眼鏡のブリッジを右手の人差し指で押し上げて西条を見た。

「携帯会社に照会しましたが、位置情報は摑めませんでした。基地局が最後に電波を捉えたのは死亡推定時刻の約一時間前、つまり本人が生きているときのもので、本人が関本警部補に発信したものです」

西条は、会議室のドアに向かう。

「どちらへ？」

河村があくまで穏やかに尋ねる。

「俺は応援派遣で、府中署の人間だ。署に忘れ物を思い出した。取りに帰るから、話を進めといてくれ」

「勝手に退室するな！」

土浦が西条の前に立ち塞がった。体格は土浦のほうが優れているが、身長は西条のほうが高い。土浦は胸を押し付けるように反らし、西条を睨んだ。

「土浦、やめなさい」

穏やかな表情のまま河村がいった。

「できるだけ早く戻ってください。そうでなければ武田班長が困ります」

土浦が道を開けると、西条は河村に一礼して部屋を出ていった。河村は座ったまま見送り、穣に訊く。

「武田班長、ご感想は」

人事評定を求めるかのような質問に、穣は苦笑した。

「わざと怒らせたのですか」

「まさか。ただ、この調査班でやっていく以上、彼には公安の考え方を理解してもらう必要がある。刑事の考え方では困るのです」

「彼の質問は的を射てましたし、正義感も強そうだ。戦力になるでしょう。彼が自発的に参加してくれれば、という条件が付きますが」

「我《が》は強いですが、優秀な捜査官です」

河村は眼鏡の下の目を細めて、穣を眺める。

「バージニア出身のあなたなら、彼を使いこなせると思っています」

バージニアには、CIA本部が置かれているラングレーがある。鎌《かま》をかけられているのかと、腕の皮膚が粟立《あわだ》ち、背中に汗が噴きだすのを穣は感じた。

穣は二十歳《はたち》で日本国籍を選択し、バージニア大学卒業と同時に警察庁に入庁している。つまり、戸籍も学歴も偽っていない。だから河村をはじめ公安部は、穣の母親がアメリカ人であり、本人がバージニア大学出身であることは把握している。しかしそれだけでは穣がCIAに関係しているとは疑わないはずだ。そうとはわかっていても、穣は汗が流れるのを止めることができなかった。

河村がつっと視線を外す。

「さて、西条部長が退席してしまったので、キックオフミーティングはこれくらいにしましょう。必要な情報は調査班専用の携帯情報端末《PDA》で回覧に回します」

河村が立ちあがり、穣、綾美、仲丸もそれに倣《なら》う。

「期待していますよ」

河村は部屋を出ていった。

「さて武田班長、どこから手を付けます？」

綾美が、どこか悪戯《いたずら》っぽくいった。

「まずはシチュエーション・ルームとやらを拝見しよう」

ルームは会議室の隣にあった。正面に人の背丈を超えるモニターが設置され、両脇にその半分ほどのものが二つずつ並んでいる。モニター群に向かい合ってノートパソコンの載った事務机が三行二列、合計六つ並べられ、その後ろに十人掛けのミーティングテーブルが置かれていた。ミーティングテーブルの横には、キャスターのついたホワイトボードもある。

部屋の隅には、電子レンジが天板に載った冷蔵庫と、コーヒーメーカーや食器が並んだキッチンラックが置かれていた。穣が冷蔵庫を開けると、ミネラルウォーターのペットボトルが並んでいる。穣はペットボトルを取りだした。

「コーヒー飲む人？」

振り返って三人に訊く。綾美と土浦が慌てて「私が」「自分が」といい、仲丸だけが「あ、お願いします」と手を挙げる。

「いいっていいって」

四人分の水をコーヒーメーカーに注ぎ、ペーパーフィルターとコーヒー粉をセットしてスイッチを押す。

「ま、座ろうか」

四人はミーティングテーブルの椅子を引いた。穣の向かいに綾美が座り、その横に土浦が、少し離れて仲丸が座る。

「さて？」

綾美が円《つぶ》らな瞳で穣を見る。

「順当に考えれば、市場氏の殺人事件の捜査からだろうな。防カメや微物の扱いはどうなってるんだろう」

「ちょっと待ってください。仲丸さん、オペレータを起動してください」

綾美がいい、仲丸は立ちあがって一番近い事務机のパソコンを開く。

中腰のままキーボードを叩くと、仲丸は綾美に振り返り、「オッケーです」と緊張感のない声をかける。

〈オペレータ起動〉

仲丸の声に被《かぶ》さるように、部屋の四隅の天井に設けられたスピーカーから、合成された中性的な声が聞こえた。

「オペレータ、市場兆二殺人被疑事件で収集された資料のうち、防犯カメラ映像の一覧表を中央モニターに、微物の一覧表をサブモニター1に」

中央の大型モニターに防犯カメラ映像の一覧表が映し出される。一番左からファイル名、撮影日時、撮影時間、撮影場所の項目が並んでいる。表の右側には事件現場周辺のマップも表示され、防犯カメラの位置がプロットされていた。サブモニターには微物の一覧表が映り、こちらの列には微物の種類、収集日時、収集者、保管場所が並んでいる。

「凄《すご》いな」

驚いた穣を見て、綾美と仲丸が満足そうに笑う。

「オペレータ、市場兆二の司法解剖鑑定書のうち、死亡推定時刻が記載された箇所をサブモニター2に」

鑑定書では、死亡推定時刻は二時間の範囲で絞りこまれていた。

「当該時間帯に防犯カメラに映った人間すべての映像を中央モニターに」

人物映像のコマが中央モニターに羅列《られつ》されていく。コマ数が百、二百と増えていき、最終的に二千を超えたところで止まった。一つひとつのコマは非常に小さく、人物の顔を画面上で識別することはできない。

「これらの人物のうち、犯行現場から半径五十メートルの範囲を通過した人物をピックアウト。類似率は任意」

画像が二十四個に絞り込まれた。

「防カメ上は、この二十四人が犯行時刻前後に犯行現場付近を通過した可能性がある人物です。今できるのは、ここまででしょうか」

綾美がモニターから穣に目を移していう。

「いや上出来だよ。わずか三分で容疑者を防犯カメラから絞りこむことができた」

「完璧《かんぺき》な容疑者リスト、とはいえません。顔貌《がんぼう》が映っていないとか、映っていても鮮明でない人間は対象になっていません」

綾美が少し残念そうにいうと、仲丸が異議を申し立てる。

「顔貌だけでなく、服装や身長、体格や歩き方といった要素からも判定していますよ」

「そのとおりだけど、そもそも犯人が映っていない可能性だってある。オペレータ、防カメ設置場所を通らずに犯行現場を通過するルートを、サブモニター1に」

犯行現場周辺の地図に色違いで幾つものルートがひかれていく。全部で十二本の線がひかれた。

「犯人が現場周辺を下見していれば、このルートのいずれかを使ったかもしれません。その場合、防カメの精査は意味がないと考えられます」

仲丸が手を広げて降参の意思を示した。

コーヒーメーカーからメロディが流れ、コーヒーができあがったことを知らせる。

「それでも手掛かりには違いない。あの二十四人の画像、保存できる？」

「ＰＤＡに送ります。オペレータ」

〈了解です〉

調査班用のＰＤＡです、と綾美が大型のスマートフォンを穣に渡す。それを受け取りながら、

「オペレータはこの部屋の会話を全部モニターしているのかい」

と綾美に尋ねる。綾美に代わって仲丸が答えた。

「ええ」

「録音も？」

「オーダー処理のため一時的に録音し、処理後、録音データは消去される、と聞いています。検証はまだできていませんが」

ふうん、と感心しながら穣は立ちあがり、コーヒーメーカーから紙コップにコーヒーを注いだ。それを土浦が綾美と仲丸に配る。

「ノートパソコンはどれでも使える？」

立ったままコーヒーを飲みながら穣は綾美に訊く。

「生体認証で、班員はどのパソコンでも使えます。もっとも、ここにあるノートパソコンはサーバーの端末に過ぎません。つまりデータを保存しないんです」

「オペレータへのオーダーも班員全員ができるの」

「いいえ、オペレータにオーダーできるのは警部以上の有資格者だけです。班員のなかでは班長と私だけ。しかし一時的になら警部補以下に権限を付与できます」

穣はコーヒーを一口飲んで、

「オペレータ、警視庁が保有するデータベースの全情報を、僕の指示するアドレスに送ってくれ」

と命じた。

穣以外の全員が息を呑んだが、オペレータからの反応は早かった。

〈実行不能です〉

穣は肩をすくめ、他の三人は安堵の笑みを浮かべる。

「班長、度が過ぎます。オペレータが本当に情報を送ったらどうするつもりですか」

綾美が穣を叱る。

「ごめん、AIがどう反応するか見たくって。オペレータの開発はどこが?」

「内閣府の研究機関から警察庁情報通信局に下りてきたと聞いています」仲丸がいい、小さな声で付け足す。「本当かどうかはわかりません。一研究機関の成果物としては高性能すぎます」

「オペレータ、きみはどこで産まれた？」

〈記録がありません〉

「僕たちと同じだ、人間も産まれたときの記憶がない。仲良くやれそうだ、オペレータ」

〈命令でしょうか〉

「気にしなくていい。とりあえず、市場兆二事件の資料を読みたい。捜査報告書だけでいいから、どれかパソコンに表示してくれないか」

「どうぞ」

仲丸が、操作していたノートパソコンを穣に明け渡した。穣は礼を言って席に座る。

「私たちは何をすれば？」

綾美が訊き、穣は中央モニターを指さす。

「絞りこんだ二十四人の素性を突き止められるかい」

「近隣駅の防犯カメラを押さえてありますので、そこに同一人物が映っていれば、交通系ICの利用データと突き合わせてわかるかもしれません。あとは防カメ映像で、リレー方式で追っていくとか」

「じゃあそれを。土浦さんと二人で足りるかな」

技官の仲丸を捜査活動に駆りだすのは躊躇《ためら》われ、何より彼にはサーバー・ルームのメンテナンスという重大な役割がある。穣は、オペレータとデータベースの活用が調査の成否を握ると感じていた。

「大丈夫です。ＩＣデータの取り寄せもオペレータがやってくれますので、三十分後には入手できます」

「じゃあ取りかかろう」

6

「西条部長、こんなところに居ていいんですか」

部屋に入ってきた西条を見て亜紀がいう。その声に、課長と係長が顔を上げた。

「こんなところって、ここは俺の職場だぞ、居て何が悪い」

「西条くん」係長が寄ってくる。「本庁のほうは大丈夫なんだろうね」

「さあ」

西条は係長を押しのけるように自席に座った。

「さあって、どういうことなんだね」

「係長、出頭しろと言われたから行ってきましたがね、訳のわかんない公安の幹部がいて、事件に蓋をしたって堂々と言いやがる。この話、断ってくれませんか」

「幹部って、誰がいたんだ」

「公安総務課の課長代理」

係長の顔が蒼褪《あおざ》める。

「困るよ西条くん。公安総務の課長代理だって？　まさか怒らせたりしてないだろうね」

課長が立ちあがってゆっくりと歩み寄ってくる。

「知りませんよ。忘れ物をとりに帰る、と言って出てきましたから」

「それなら、忘れ物をとってすぐに帰るんだ」

「応援派遣の話、断ってください。あいつらと一緒にいると頭がおかしくなる。殺人犯の逮捕よりも国益が大事なんてぬかしやがるんだ、課長も頭にくるでしょう」

西条は課長に話をふる。課長は本部捜査一課の係長も経験した、刑事部の叩き上げだ。

「まあな。それで、具体的に何をしろと言われたんだ」

「武器密輸入の摘発です」

「だったら、何の文句がある。密輸を見逃せと言われたわけではあるまい？　ハムの奴らがどんなご託を並べようと、刑事としてやることは一緒だ」

「だからといって、殺人犯を見逃していいわけじゃないでしょう」

「殺人犯を見逃せと言われたのか」

河村がそうはいっていなかったことに気づき、西条は黙った。課長は後ろ手に体を屈《かが》め、西条に顔を近づける。

「違うだろう？　そんな話なら、俺もお前を応援に出したりはしない。確かにコロシの特捜本部は解散状態らしい。だが、だからといってコロシの捜査をしないと決まったわけじゃない。チャカの話とコロシの話が重なった、だから事件を取りあげた。ならばハムの懐《ふところ》に入ればコロシの捜査だって出来る。それにはお前が適任だと思ったから俺は応援要請に応じた。俺の眼鏡違いだったたか、ん？」

西条はため息をつき、机の引き出しを開け、ジッポーライターを取りだした。

「あいつらがコロシを揉《も》み消そうとしたら、俺は暴れますから」

「そのときは付き合ってやる」

西条はもう一度ため息をつき、ジッポーの蓋をカチンと鳴らすと、立ちあがって課長に敬礼してから部屋を出た。

第二章　カッコウ、指揮を執る

1

「ヒロ・モービルにはまだ捜査員があたっていない」

すべての捜査報告書を読み終え、穣はいった。

シチュエーション・ルームでは綾美と土浦もそれぞれの作業に没頭している。仲丸はサーバー・ルームに戻っていた。

「それに社長と専務の携帯は野放しになってる。令状をとって二人の携帯を傍受しよう」

綾美が、通信傍受令状の発付請求書の作成をオペレータに命じた。

請求書は警視庁の公安総務課で印刷され、手の空いている課員が速やかに東京地方裁判所に持ちこむのだと、綾美が穣に説明する。傍受装置の手配を含め、一時間以内には傍聴が開始されるという。

「リアルタイムで傍聴したい」

穣がいうと綾美がうなずいた。

「オペレータ、通信があればこの部屋のスピーカーに接続して」

〈エラー。警察署以外で傍受することは認められていません〉

法令上、携帯電話の通信は、携帯キャリア会社の基地局か、警察署でのみ傍受することができる。

「エラー無視。傍受装置が稼働次第、実行」綾美がいう。

〈傍受装置が稼働次第、データ即時転送を実行しスピーカーに繫《つな》ぎます〉

「やるねえ。どの程度の違法行為……エラーまで無視してくれるの」

「大抵のものは。ただセキュリティに影響を与えるようなものはダメだと聞いています」

「オペレータ、二人の位置情報を本人たちに知られることなく監視できる？」

〈可能です〉

「監視を開始。三十分ごとにログをつけてくれ」

〈了解です〉

穣は立ちあがり上着を手にとった。

「どちらに？」綾美が訊《き》く。

「事件現場を見てくる」

「車、出します！」土浦が立つ。

「大丈夫、駅から歩いてみたいんだ。土浦くんは藤堂さんと手分けして、二十四人のうち素性のわかった人間に片っ端から電話してみてくれ」

「電話ですか？　直接会いに行ったほうがいいと思いますが」

土浦が戸惑う一方で、綾美はなるほどという表情でうなずく。オペレータに対する理解の差だな、と穣は思った。

「オペレータ、音声分析による緊張評価はできるよね」

〈可能です〉

「藤堂警部と土浦警部補が電話する相手の緊張度を分析し、一定値以上の人間をリストアップしてくれ。閾値《いきち》は任せる」

〈了解です〉

「というわけだから、土浦くん、よろしく」

2

西条は、市場が倒れていた場所を見つめていた。

厚い雲が陽光を遮って辺りは薄暗く、昨日のようにまた雨が降りだしそうだ。規制線は撤去されていて、西条はその場所に三十分近く佇《たたず》んでいたが、その路地はおろか、路地に繋がる表道路を通る者もいなかった。

犯人は土地鑑があるか、かなり下見をしていた。西条は路上を見つめながら考える。犯人は市場がここを通ることを知っていたのだろうか。あるいは、この近くで待ち合わせて、ここまで誘導したのか。

西条は、市場がつけていた犬柄のネクタイを思い出す。市場と同棲《どうせい》していた女から話を聞かなければならない。西条はスマホを取りだし、関本の携帯番号を呼びだした。

〈ジョウ、調子はどうだ〉

関本の声は明るい。協力者が殺されたというのに、と腹を立てつつ、

「市場のヤサを教えてくれ」

と頼む。

〈なぜだ〉

「市場の女から話を聞きたい。捜査本部で住所を照会してたはずだ」

〈ちょっと待て、かけなおす〉

一分と経《た》たずに折り返しがあった。

〈あのなジョウ〉

関本の声は打って変わって真剣だった。さっきは他人の耳があって明るい声を出したのだと西条は気づいた。

〈お前が事件に首を突っこみたい気持ちはわかる。公安が事件を潰《つぶ》しにかかってるんだか

ら、俺《おれ》だってムカついてる。でもな、ひとりふたりでできることはタカがしれている。ましてやお前は所轄のヒラ刑事だ。悪いことは言わない、手を引け〉

「忠告は承った。市場の住所を」

受話口の向こうから、ため息が聞こえた。

〈すまんが教えられん。おい、こういう電話はこれきりにしてくれ。うちの課長は前が公安なんだ。昨日の事件は忘れるようにと釘《くぎ》を刺されている〉

「おいセキ、お前は刑事だろう。上の顔色を窺《うかが》って犯人を逃がすつもりか」

〈うちはまだ子供が小さいんだ、次の異動では、幹部で所轄に出たい。こっちにも事情があるんだよ。すまんな〉

「おい待てって」

電話が切れた。

――くそっ、公安の奴《やつ》ら完全に潰しにかかってやがる。

「西条部長、奇遇ですね」

不意に背後から声をかけられ、振り向くと武田警部が微笑《ほほえ》みを浮かべて立っている。いつから後ろにいたのかと西条は焦った。

そんな西条を尻目《しりめ》に、穣は笑みを浮かべながら一歩近づいた。

「いや、奇遇でもないか。想像以上に人気のないところだね。犯人は土地鑑があるか、下見をしたのかな」

どう答えたものかと、西条はジッポーを取りだし、蓋《ふた》を鳴らした。

「ジッポーですか、懐かしい。今じゃ見かけなくなった。でも西条部長はタバコを吸わないのに、どうしてライターを持ち歩いているんです」

西条は無言で穣の様子を窺った。なぜ武田警部がここにいるのか理解できない。仕方なく尋ねた。

「警部どのは、なぜここに」

「なぜって、現場を見に来たんだけど」

西条は混乱した。公安はこの警部を捜査班の責任者に任命した。つまりは公安の手先。その公安の手先が、なぜ潰そうとしている殺人事件の現場に足を運ぶのか。

「公安は捜査を中断したはず」

「そうなの？　僕は聞いてないし、そもそも僕は公安ではなく警察庁の人間だし」

「でも、公安総務から捜査班の班長に任命された」

「僕は参事官付で、公安総務と直接の関係はない」

西条には屁理屈《へりくつ》にしか聞こえない。

「ああ、ひょっとして忘れ物というのは、そのジッポーのことかな」

「なぜそう思う」

「タバコを吸わないのに持ち歩いてるのは、あなたにとって大切なものだからでしょ。それに、どうやらジッポーの蓋を弄《もてあそ》ぶ癖がおありのようだ。しかし会議室では、そんな素振りはなかった」

「公総の課長代理を前にして、遠慮しただけかもしれない」

穣はくすりと笑った。

「土浦くんに、敬意を払え、と怒鳴られていたのに?」

西条はジッポーの蓋を鳴らす。

「でも安心した。戻ってこないかもと心配していたところだった」

遠慮は無用と判断し、西条は口調を変えた。

「公安ではない、と言ったな。市場の事件、どう扱うつもりなんだ」

「捜査するに決まってるでしょ。密輸阻止を命じられたけど、殺人の捜査を禁じられたわけでもない」

西条は穣の表情の変化を見逃すまいと目を凝らしながら、

「コロシが解決する前に、武器を摘発したらどうする」

と訊いた。しかし、穣の笑みは変わらない。

「状況次第、としか言えない。捜査班がそのままなら殺人の捜査は継続するし、捜査班が解散されてしまえば僕にはどうしようもない。そうならないよう、一緒に全力を尽くそうよ。密輸の捜査も、手掛かりは市場さんの事件しかないのが実情だし」

穣が嘘《うそ》をついているのか、西条は判断がつかなかった。しかし先ほどの関本の反応を見れば、公安の箝口令《かんこうれい》は厳しく、一人では捜査のしようがない。殺人事件の捜査を続けたければ、捜査班に加わるしかなかった。

「なら、市場のヤサを調べてくれ。公安は把握しているはず。市場には同棲している女がいた。その女から話を聞きたい」

穣が素直にうなずくのを見て、関本との電話を盗み聞きしていたなと西条は確信した。

「土浦くん？　河村さんに市場さんの住所を訊いてくれないか。わかったらＰＤＡに送って。よろしく」

穣はスマホを上着の内ポケットにしまい、

「住所がどこであろうと、駅に戻っていたほうがいい。歩きながら話そう」

と先に立って歩きだした。

身長は西条のほうが高いが、歩くスピードは変わらない。改めて穣を見ると八頭身で手足が長く、スライドの大きさは西条と変わらなかった。

「西条さんは、薬物係一筋？」

打ち解けようとしているのか、穣が質問する。西条は上司の努力を無駄にするのも気が引けて、

「いろいろ、かな。所轄では強行犯や盗犯もやったし、組対にいたときは銃器もやった」と答えてから、「本庁の官房というと、班長は準キャリなのか」と返した。

「ええ。大学が合衆国だったせいか国際畑が長くて、捜査の現場は久しぶり。西条さんには迷惑をかけるかもしれないから、よろしく」

「帰国子女か、行政官としては重宝されるんだろうな」

「執行官としては不足？」

皮肉を敏感に嗅《か》ぎつけたのか穣が鋭く反問する。

「アメリカと日本とでは文化が違う。ハタチ前後の数年間というのは大きいし、実際、帰国子女の間でどれだけ大麻が流行《はや》っているかを知ったら、班長も驚くんじゃないか。要はこちらの社会にどれだけ馴《な》れがあるかだ。それにしても、警部二人に警部補が一人、巡査部長は一人だけ。ずいぶんと歪《いびつ》な捜査班だな」

「河村課長代理は、捜査班とはいわずに調査班といっていた。彼の頭の中で、今回の案件は捜査ではなく、あくまで公安の調査活動という位置づけなんだろうね」

それに、と穣は付け足した。

「もう一人、優秀な捜査官がいる」

「技官の、仲丸とかいう？」

「いや、オペレータというＡＩ」

「AI捜査官……時代ってやつだな、昭和生まれには理解しがたい」

穣のPDAが鳴る。

「土浦くんからメッセージ。住所は高井戸《たかいど》だね」

「電車だと遠回りになるな」

「予算はあるとの課長代理のお墨付きなんだから、タクシーで行こう」


市場の自宅は、五日市《いつかいち》街道を越えて細い路地が入り組んだ、一戸建てとアパートが混在する区画にあった。白いサイディングが輝くアパートはまだ築年数が浅そうだ。

西条は、一階にある市場の部屋の呼鈴を押した。しばらく様子を窺うが、返事はない。ドアノブに手をかけ、穣がうなずくのを見てそっと回した。施錠されておらず、ドアが開く。隙間《すきま》から中を覗《のぞ》き見た。

「こいつは……」

西条はドアを大きく開けた。

三和土《たたき》には男物と女物の靴が散らばっていて、その先の部屋も荒らされていた。クローゼットから収納ケースが引きだされ、衣服が床に投げだされている。

二人はドアの外で靴を脱ぎ、何も踏まないように気をつけながら部屋の中に入った。カーテンはひかれているが、遮光性ではないらしく、1DKの部屋の中は充分に明るい。液晶テレビも倒され、ゴミ箱の中身まで放《ほう》りだされている。クローゼットの中の天井裏点検口まで開けられていた。

「ガサ並みだな」

穣がスマホを取りだした。

「土浦くん、藤堂さんに代わって……市場さんの現場に運転免許証が残っていたか確認を……見つかっていない」

部屋を荒らした犯人は、市場の免許証からここに辿《たど》り着いた可能性があるということだ。

「今、西条部長と市場さんの部屋にいるんだけど、何者かに荒らされてる。公機捜を入れて微物を採取するよう河村さんに伝えて。それとマンション周りの防カメも押さえてほしいと」

公機捜は公安機動捜査隊の略で、もとは公安総務課内にあった組織だ。刑事部における機動捜査隊と鑑識課を合わせたような活動を行う。

穣は少し考えてから、さらに言葉を続けた。

「ここの住所で他に運転免許証を登録している人物がいないか調べて。運転免許センターのデータベースを検索すればわかるはず」

穣がスマホを持ち直す。

「いる？　浜田理恵《はまだりえ》、二十四歳。免許の写真をＰＤＡに送って。それと、すべての携帯キャリア会社に浜田さんの番号と位置情報を照会。緊急で」

穣の手際のよい指示に西条は感心したが、最後の指示が引っかかった。

「同棲相手が攫《さら》われたと？」

「可能性、としてね」

「くそっ！　特捜本部が動いていれば、昨日のうちに捜査員がここに来ていたはずだ。こんなことにはならなかった」

穣は難しい顔で、

「いや、そうとは限らない。ここが荒らされたのがいつかわからないんだから」

といった。二人でじりじりと待つこと十分、穣のスマホが鳴る。

「……なるほど、すぐに土浦くんを向かわせて。いや、電話はしなくていい。こちらからも西条さんに行ってもらう」

電話を切ってから西条に向き直った。

「浜田さんの携帯は電源が入っていて、渋谷《しぶや》のあたりにいるようだと。行ってみて」

「電話したほうがいいんじゃないか」

市場の部屋を家探ししたのだから、犯人は何かを探している。部屋にあった女ものの服や日用品から、市場が女と同棲していたことを知り、犯人が浜田理恵を探しているかもしれず、そのことを電話で知らせるべきではないかと西条は考えたのだ。

「浜田さんの状況がわからない。市場さんの死を知らない可能性だってある。電話で議論するより、行ったほうがいい」

公安が押さえこんだのか、市場が殺された事件は未《いま》だに報道されていなかった。

「辛《つら》い役になるかもしれないけど、よろしく」

「班長は？」

「ここで公機を待ってる。ああそう、土浦くんとはうまくやってね」

西条は五日市街道に出てタクシーを拾い、とりあえず渋谷駅に向かうよう指示すると、穣から預かったPDAで浜田の位置情報を確認する。渋谷と原宿《はらじゅく》の中間あたりだ。少し離れたところでタクシーを降り、もう一度位置情報を確認した。

どうやら浜田は、路面店の美容室にいるようだ。ガラス越しに、鏡台に向かって座る一人の客を、二人の従業員が相手しているのが見える。市場は、彼女は美容師だといっていた。くるくると立ち働く一人は明らかに十代で、座面の高い回転いすに腰掛けて髪に向かっている女性が浜田だろうと西条は見当をつける。店に異常はなさそうだった。

観察する西条の前を土浦が歩いて通り過ぎ、店の前で立ち止まると中を覗きこんだ。

西条は心の中で思いつく限りの罵詈雑言《ばりぞうごん》を浴びせながら、足早に土浦に近づき、肩を叩《たた》いて顎《あご》をしゃくる。土浦が驚いたように目を開いて、おとなしく西条についてきた。

「どういうつもりだ」

「どういうつもりって……浜田理恵がいるか確認していたんです」

「周囲を確認したか？　市場を殺したホシが浜田を見張っていたらどうする」

「殺人犯が、呑気《のんき》に女性を見張っているとでも」

土浦の顔に冷笑が浮かぶ。西条はその顔を張りとばしたくなったが、土浦とうまくやってくれとの穣の言葉を思い出して気を静める。

「いいか、同棲相手が殺されて、その同棲場所が荒らされてるんだ。浜田にも身の危険があると考えるべきだろう。想像力を働かせろよ。そうでなくとも周囲確認は基本中の基本だろう」

土浦が黙りこむ。

「お前さんが警部補なのはわかってる。だが年長者の意見は聞くもんだ」

西条は、入口わきに小さく書かれていた美容室名をスマホで検索し、電話番号を調べる。カットが終わって浜田が立ち上がり、若い従業員にシャンプーを任せたタイミングで電話をかけた。

店の中で浜田がレジに向かい、固定電話の受話器を持ちあげるのが見える。

「浜田さんはいらっしゃいますか」

〈私です。どちら様でしょうか〉

「申し訳ありません、私、府中警察署の西条と申します。市場兆二さんのことでお電話しました」

〈……西条さんですね。市場から聞いてます。あの、なぜ私に？　どういうこと？〉

「実は今、店が見えるところから電話をかけています。そちらに行ってもよろしいでしょうか」

浜田は戸惑いつつも〈どうぞ〉と答える。西条は電話をきり、まだ膨《ふく》れっ面をしている土浦を連れて店に入った。二人は明らかに店の雰囲気から浮いていて、若い従業員が客の頭を洗いながら奇異の目を向けてくる。

「西条さんですね」

浜田の問いに西条がうなずくと、浜田は「奥にどうぞ」と二人をバックヤードに案内した。段ボールが所狭しと並べられた片隅に、スチールロッカーが四つ並んでいて、その横に灰色のオフィスチェア四脚と安っぽい合板のテーブルが置かれている。従業員の休憩所を兼ねた事務所のようだ。

浜田はシザーケースを吊《つ》るしたベルトを外してテーブルに置くと、ごめんなさい、と力なくチェアの一つに腰を下ろした。

「そうだ、身分証明書を見せてください」

西条は警察バッジを取りだし、座っている浜田の目の高さで示した。浜田がうなずく。西条がバッジをしまうと、浜田は顔を伏せ、身を守るかのように自分の体を抱きしめる。

「兆二に、何かあったんですね」声が震えていた。

浜田は覚悟しているようだった。西条は浜田の前に椅子《いす》を引き寄せて座り、できるだけ穏やかな声を出した。

「昨日、市場の死体が見つかった」

浜田が顔を伏せる。目から涙が溢《あふ》れ、頬《ほお》を伝って床に落ち、静かにしゃくりあげた。西条は泣くに任せた。五分ほど経って浜田は泣きやんだ。

「殺されたんですか」

絞り出すように尋ねる声には、怒りが潜《ひそ》んでいる。何かを知っている、と西条は直感した。

「なぜそう思う」

「ヤバイかもしれないって本人が言ってたから。会社の秘密を探ってるの、社長たちが気づいたかもしれないって」

「会社の秘密？」

浜田が顔を上げて、西条を正面から見た。目には責めるような、強い光があった。

「西条さんに話したんでしょ。社長と専務の会話のこと。私はやめてって言ったのに。危険なことを兆二にしてほしくなかった。でも兆二はあなたの役に立ちたかった」

浜田はふたたび顔を伏せ、嗚咽《おえつ》を漏らす。

「あの人は、弱い人よ。あなたに捕まる前までは、ヤクザを兄貴と慕って、いいように使われてた。あなたに捕まってヤクザが刑務所に入ると、今度はあなたを慕って。誰《だれ》かに寄りかからなければ生きていけない、弱い人だったのよ」

今度ははっきりと西条を睨《にら》んだ。

「それなのにあなたは、あの人を適当にあしらった。そりゃそうよね、あなたから見れば兆二はただのジャンキーでしょうから。でも、あの人はあなたに気に入られようと必死だったのよ。その挙句に死んでしまうなんて、本当にバカなんだから」

浜田が泣きながら笑い、西条は言葉もない。

「昨夜、あなたはどうしてましたか」

土浦が、西条の後ろから訊いた。

「友達の家に泊めてもらいました。兆二が、何日間か家には帰るなって言うから」

「家に帰るな？」

「あの人、怯《おび》えてたんです、ちょっと前から」

「俺に話したからか」

理恵が首を振る。「カイズ」

「え？」

「彼はスマホでカイズの写真を撮ったと言ってた。それに社長たちが気づいたかもって」

「カイズってのは?」

「海の地図。海図」

その瞬間、瀬取り、という言葉が西条の頭に浮かぶ。

瀬取りは、禁輸品を海上で受け渡して密輸する方法だ。GPSが発達した現在、緯度と経度、時間を予《あらかじ》め決めておけばほぼ確実に受け渡すことができ、個人が隠し持って航空機や船舶で持ちこむのに比べ、一度に多くの量を輸送できる。一方、船や船員などを用意しなければならないため発覚しやすいという側面もある。

考えてみれば当然だと西条は思った。大量の武器をいちどきに運びこむには、瀬取りしかない。市場は、受け渡し場所を示す海図を見つけ、それを写真に収めたのだろう。それを関本に提供しようとして、密輸グループに殺された。

「その写真を見たのか」

「見た。地図には伊豆《いず》半島が載ってた」

3

公安機動捜査隊にアパートの捜査を任せ、穣はシチュエーション・ルームに戻った。

高井戸駅前のコーヒーショップに寄ってからタクシーを拾ったが、その車中で、違うかもしれない、との考えが穣に芽生えていた。市場を殺したのはジョヌグリュールではないかもしれない。

市場が殺されたのは、行き止まりの路地とはいえ、いつ誰が通りかかるかもわからない路上だ。それに対し、父も、ロシア人ジャーナリストも、いずれも室内で殺されている。また、遺体の様子も異なっていた。父とロシア人ジャーナリストは、絞殺であるにもかかわらず、いずれも顔に鬱血《うっけつ》がなく、比較的穏やかな死に顔で、まず頸動脈洞反射《けいどうみゃくどうはんしゃ》を起こしているという特徴があった。それに対して市場の遺体は、苦悶《くもん》の表情を呈し、気道閉塞《へいそく》により死亡している。

ひと言でいえば、雑なのだ。十一年をかけて追いかけてきた暗殺者、ジョヌグリュールの犯行とは思えなかった。

シチュエーション・ルームに戻った穣は、コーヒーショップで買った手動ミルと豆を使ってコーヒーを淹《い》れた。綾美と一緒に飲んでいると土浦と西条が帰ってきたので、二人にもコーヒーを淹れ、その間に土浦から報告を聞いた。

「それで彼女は？」

コーヒーを紙コップに注《つ》ぎながら、ソーサーセットを買ってこなければ、などと考える。

「こちらが用意したセーフ・ハウスに泊まってもらうようにしました」

応《こた》えた土浦に紙コップの一つを渡し、もう一つをミーティングテーブルに座る西条の前に運ぶ。西条は頭を下げ、コップに口をつけた。平静を装っているが、どこか心ここにあらずといった様子だ。

「瀬取りとわかったのは収穫だけど、場所がわからないことにはね」

穣は、綾美の向かいに座った。西条と土浦は、綾美から席一つ開けて並んで座っている。

「いまウチの人間が片っ端から海図を見せていますが、反応は鈍いようです。写真で見ただけというのもありますし、その写真自体、急いで撮ったものらしく暗くてボケていたとのことですし」

「その海図の写真さえ見つかればねえ」

穣がぼやくと、両手で包むように紙コップを持った綾美が慎重な口ぶりでいった。

「携帯キャリア会社によると、被害者のスマホはアンドロイド携帯のようですから、同期機能によってクラウドに保管されている可能性はあります」

「なるほど、同期機能。照会をかけたら、どれくらいで回答があるかな」

「数カ月はかかるものと」

「それじゃ間に合わない」土浦が顔をしかめる。「サイバー警察局は、国際共助でこういったときに迅速に捜査するために設置されたんじゃないんですか」

「国際共助と言っても、簡単じゃないの。サイバー警察局も特捜隊もまだ出来たばかりの機関だから、外国のカウンターパートからの信頼が厚いとはいえない。迅速性は、共助の実例を増やして信用を得てからの話」綾美がむっとした表情でいう。

「オペレータを使ったらどうです」土浦が食い下がる。

「オペレータはとても強力だけど、それも国内に限っての話。アクセス権限には限界があるの。国内の行政データならともかく、民間の、それも外国の巨大ＩＴ企業のデータセンターへのアクセス権限はない。アクセスできるのは、アメリカのＮＳＡぐらいのものでしょうね。それも公式なものではなく、バックドアを使うような非公式なもの」

「公安なら、ＦＢＩやＣＩＡなんかに頼んですぐに回答がもらえるんじゃないか」

コーヒーを飲み終えた西条が土浦にいう。

「無茶を言わないでください」土浦の眉間《みけん》に皺《しわ》が寄る。

「どこが無茶なんだ？　この捜査班ができたのは、ＣＩＡ支局長が美和参事官に頼みこんだからだろう。参事官が頼めばＣＩＡも無下にはできないだろ」

土浦は考えこみ、皺がますます深くなる。

「何もお前さんに参事官に頼んでくれって言ってるわけじゃない。そこは班長がうまくやってくれるさ。ねえ班長」

穣は苦笑した。

「確かに合衆国に頼むのはいい方法かもしれない。参事官と話してみよう」

〈ラーウィル氏と話しました。結論から言うと、協力してもらえます。明日、写真のデータを持った人間をそちらに派遣するそうです〉

「ここに来るんですか？　データだけもらえれば充分なんですが」

〈あちら側の要求です。調査班に人間を一人置きたいと〉

「それを呑《の》んだんですか」

穣の驚きに、

〈写真のデータが要らないなら、断りました。しかし必要なのでしょう？〉

と美和は冷静な声で応えた。

「合衆国に筒抜けになってしまいますよ」

〈知られて困ることでも？〉

「携帯電話の傍受や位置情報の取得などは、刑訴法に完全に則《のっと》っているわけではありません。オペレータのことも知られてしまう」

〈問題ありません。あなたたちのやってることの適法性なんて、あちら側は判断できないでしょうし、興味すらないでしょう。オペレータに関しては、もともとUKUSA《ユークーサ》で開発されたシステムを、特別にアメリカから供与されたものです〉

UKUSAは、「ファイブ・アイズ」の通称で知られるアメリカ合衆国、イギリス、カナダ、オーストラリア、ニュージーランドの五か国の諜報《ちょうほう》機関が全世界に張り巡らせた通信傍受網の国際協定だ。かつてエドワード・スノーデンが明るみに出した作戦「エシュロン」もUKUSAのプロジェクトの一つであり、日本の防衛省情報本部電波部が協力している作戦「マラード」もその一つだ。

「ここに来る人間はUKUSAの人間ですか」

合衆国でUKUSAを管轄しているのはNSAである。

〈わかりません。あちらも、これから人選するようです〉

「どのように扱えば」

〈丁重にもてなしてください。あなたがた調査班の任務は武器の輸入を防ぐことですが、同時にそれはアメリカに貸しを作ることでもあります。派遣されてくる人間は、いずれの観点からしても大切なお客様です〉

穣は警電の受話器を置いて班員たちを見た。美和参事官の声は聞こえなかったにしろ、受け答えでおおよそ内容は察しがついているようだ。

平然としているのは西条だけで、綾美、土浦は表情を曇らせている。たまたまシチュエーション・ルームに顔を出していた仲丸も足を止めていた。

「アメリカの諜報員が常駐するわけですか」

土浦が苦々しそうにいう。公安という日本の防諜機関の一員として、他国の諜報員の監視下で調査を行うのは不本意に違いない。

「オペレータの出所はＮＳＡなんですね」仲丸が訊く。

「そうらしい。もともとはＵＫＵＳＡだとか」

ある程度予想していたのか、仲丸は小さくうなずいた。

「合衆国のスパイを待つとして、社長と専務の携帯はどうなってるかな」

「社長は電源が入っておらず、位置情報も不明。専務のほうは電源が入ってますが、通話はありません。今は会社にいるようです」綾美が答える。

「会社は公総が監視してるんだよね」

土浦がうなずいた。「河村課長代理の指示で、会社の監視と専務の行動確認を続けています」

「専務には電話の一本もかかってきていない？」

綾美がノートパソコンを確認する。

「警戒してメッセージアプリを使っているようです。データ通信は行われていますから」

「それ、リアルタイムで傍受したいな」

綾美よりも仲丸が先に答えた。

「無理でしょう。メッセージアプリを利用した通信は、通信キャリアによる回線とサードパーティーアプリによる二重の暗号化がされてますから。それこそ、ＵＫＵＳＡなら可能かもしれませんが」

「専務に逃げ隠れする様子がないというのは気になるね」

「班長は、市場のコロシに二人は関係ないと思うのかい」西条は不服そうだ。

「そんなことは思ってない。あまりにタイミングが重なりすぎてる。海図を見たことと無関係に殺されたと考えるほうが不自然でしょ。ひとつ、揺さぶりをかけてみよう」

「専務の事情聴取だな」

西条は早くも腰を上げている。

「土浦くん、西条さんと一緒に行って」

「俺ひとりで充分だよ」

その言葉に足手まといというニュアンスを嗅《か》ぎとり、土浦の顔が歪《ゆが》む。

「一人で行かせるわけにはいかない。専務もロシアのスパイかもしれないし」

「その場でどうにかされるわけでもあるまい」

「あまり言いたくないけど、市場さんがどうなったか思い出すべきだ」

穣が語気を強め、西条は口を真一文字に結ぶ。

「拳銃《けんじゅう》も持って行くこと」

「署に取りに戻らないといけない」

「ならば取りに戻る。時間は惜しいけど、班員を死なせたくはない」

きっぱりと穣はいい、議論の余地のないことを西条に伝えた。

「わかったよ。土浦警部補、よろしくな。お前さんは拳銃持ってるのかい」

土浦は無言で上着を開いた。脇《わき》の下のホルスターにオートマチックが収まっている。

「頼もしいこった」

「拳銃の適正使用、なんてことは言わない。危ないと思ったらぶっ放していいから。自分の体を守ることを第一に」

「いいこと言うねえ。じゃ、行ってくらあ」

西条が背を向けて手をひらひらと動かした。

4

「こちらの従業員である、市場兆二さんが昨日亡くなりました」

事務室の隣にある応接室で、西条は片根順吉の名刺を見ながらいった。応接室といってもローテーブルの周りに安手の一人がけソファが四つ置いてあるだけだ。五十絡みの恰幅《かっぷく》のよい片根専務が、西条と土浦の対面に座っている。

「え？」

専務が驚きの声を上げたが、その態度にどこか白々しいものを西条は感じた。

「死んだなんて……昨日は欠勤でしたし、今日も出勤してこないからおかしいなと思っていたところなんです。事故ですか」

「それを今、調べています」

「死因は」

「それも捜査中。彼の最近の様子を知りたいので、防犯カメラの過去一週間分くらいのデータをいただきたい」

「うちに防犯カメラはありません」

「ない？　表にカメラが付いてますよね」

「お恥ずかしい話ですが、あれはダミーで。いや、カメラは本物なんですよ。ほら、データとか保存しておくと個人情報とかの関係でうるさいから、電源は入れてないんです」

西条は専務の目を見つめた。疚《やま》しいところはないとでもいうように専務は見つめ返してきたが、やがてすっと逸《そ》らした。

「ちょっとお手洗いを」

土浦がいい、専務は安堵《あんど》したようにトイレの位置を説明する。土浦が部屋を出ていった。

「市場さんは、こちらではどのような仕事を」

専務の説明は市場から聞いたとおりのものだ。

「中古車販売店にしては、外にある車が少ない」

「在庫はできるだけ持たないようにしています。売買契約書と譲渡証明書を受けとれば、あとはすぐに転売するようにしています」

「転売先は？」

それまで歯切れのよかった専務の口が重くなる。「いろいろです。個人もいれば、私らのような業者もある」

「国内ですか、外国ですか」

「どちらも」

「輸出もされているわけだ」

「ちゃんと必要な許認可はとってますよ」

「ああ、そっちには関心がありません。輸出先はどちら」

「どちらというと？」

「どこの国か、と訊いてるんです」

「中国とロシアです。でも、最近のロシアへの輸出規制は守ってますよ」

「だから、そちらには興味がないって」西条は手を振りながらいった。「市場さんがお客さんから恨みを買ってなかったか知りたいだけです」

専務の頰が一瞬緩んだのを、西条は見逃さなかった。ロシア関係を攻められたくないのだとわかる。

「恨みなんて、とんでもない。お客様とトラブルになることなんてありません」

「中古車販売業なら、売るにしろ買うにしろ、多少のトラブルはありそうなもんですが」

「うちは、型式と走行距離であらかじめ値を決めさせていただいて、それに不満なお客様はお断りしています」

「ほう、なかなか強気な商売だ。それでやっていけるものですか」

「おかげさまで、なんとか」

「最近は、金融担保の高級車を所有者に無断で輸出する業者もいるそうですが」

「まさか、そんな商売はしていません」

専務は商売人の笑みを浮かべたが、右のこめかみに一筋の汗が流れている。

「市場さんはロシアに関《かか》わっていた？」

西条の質問に専務は動きを止め、その顔から目に見えて血の気が引いていく。こいつはクロだ、と西条は確信をもった。

「なぜです」

「なぜ、とは」

「なぜ彼がロシアと関係あると思うんです」

専務の頬が引き攣《つ》り、その声の甲高さに西条は唇を歪めて笑った。

「何を慌ててるんだ。彼がロシアへの輸出に関わってたか訊いただけじゃないか」

身を乗りだし、専務に顔を近づける。

いた。

「それとも、輸出以外にあの国と関係があるのか」

血の気が戻らない専務の顔のなかで、目だけが充血し赤く染まる。唇が小刻みに震えていた。

「人ひとり死んでる、ケジメはつけさせてもらう」

「何のことかわかりません」

揺さぶりとしては充分だろう。土浦が部屋に戻ってきたのを機に、「令状を持ってまた来る」と立ちあがった。専務は生気が抜け落ち、見送りに立つ素振りも見せない。西条は土浦を連れて部屋を出た。

「何を言ったんです？　震えてましたよ」

西日に温められた車内は息苦しいほどだった。助手席に座った西条はエアコンの風量を最大にして窓を開ける。

「何も言ってない。お前さんのほうの首尾は」

「従業員が一人いましたが、何とか事務室に通信機を仕掛けました」

いってから、嫌そうに唇を曲げた。階級が下の西条に、まるで上司に対するかのように報告した自分に気づいたのだろう。

「二階は調べてないのか」

「従業員がいたと言ったでしょう。二階に上がることなんてできませんよ」

「盗聴器のバッテリーはもつんだろうな」

「盗聴器ではなく通信機。一週間はもちます」

　盗聴器を通信機と言い換える姑息《こそく》さを西条は鼻で嗤《わら》った。聞くところによると公安では盗聴といわず秘聴というらしい。呼び方を変えても実体が変わるわけではなかろうに、盗聴を行う罪悪感を減らすためのまやかしにすぎない。一方で西条は、市場を殺した犯人を挙げるため、その公安と同じところまで身を落とした自分をも嗤う。捜査対象に盗聴器を仕掛けるなんて、金子亜紀が知ればビンタの一つや二つは飛んできそうだ。それとも軽蔑《けいべつ》の視線を向けて、大きくため息をついて終わりか。

　西条はジッポーの蓋を鳴らし、自己憐憫《れんびん》に終止符を打った。

5

「さっそく動きましたよ」

　穣は、シチュエーション・ルームに戻ってきた西条たちを労《ねぎら》ってから、二人に録音を聞かせた。二人が会社を出た直後に、専務がかけた電話を傍受したものだ。会話はロシア語で行われていて、翻訳した文書を綾美が二人に配る。

『「話が違う、警察は俺たちとあんたらの関係を摑《つか》んでる」

〈電話はかけるなと言ったはずだ〉

『もうたくさんだ、俺は降りる。社長にもそう伝えておいてくれ』

それだけの内容だが、録音された専務の声には緊張と動揺が滲《にじ》み出ていた。メッセージアプリを使う余裕もなかったのだろう。そんな専務とは対照的に、相手は落ち着き払っている。

「専務は会社を出ましたが、行確班が張り付いているのでそっちは放《ほう》っておきましょう。それより電話の相手です」

「ロシアの課報員」翻訳文書を何度も読み返して土浦がいう。「この男が密輪の首謀者ですね」

「そして市場を殺した首謀者だ」

西条の声は、怒りを押し殺したように低い。

「オペレータに受信者の番号を調べさせましたが、回線の契約者は十七才の高校生でした。

トバシの携帯ですね」

「それでも居場所はわかるだろう」

通信を中継した基地局の位置関係から、半径一キロほどの範囲で在り処《あか》が特定できる。

綾美が、港区麻布十番《あざぶじゅうばん》から神谷町《かみやちょう》にかけての一帯だと説明した。

「ロシア大使館……」

さすがに公安捜査員だけあって、土浦の反応は早い。麻布十番と神谷町に挟まれ、かつて麻布狸穴町《まみあなちょう》と呼ばれた地域に駐日ロシア大使館がある。

「大使館は外事一課《ソトイチ》の定点監視対象なので、通話時に建物内にいた人間のリストを送ってもらえるよう、依頼しています」綾美が付け足した。

「厄介だね」穣は嘆いた。「もし犯人が大使館職員なら、外交官として届け出ているかも。そうなると、ウィーン条約の関係で日本の警察《われわれ》は手も足も出せない」

「現行犯でもダメなのか」

「ダメダメ。ホスト国にできるのは、事情聴取を行なって、ペルソナ・ノン・グラータとして追放することだけ。その事情聴取も相手が協力してくれなければできない」

「じゃあ、どうすんだよ」

「どうするかは、外交官とわかった時点で検討しようか。それより、通話の中で気になったことがある」

　穣は話題を変えた。

「専務は『社長にもそう伝えておいてくれ』と発言している。つまり、社長はこの諜報員と一緒にいる。社長の足どりを追えば、この男を特定できるかもしれない」

　社長の顔写真は運転免許センターのものがある。会社周辺の防犯カメラ映像で、最後に社長が映っているものを見つける。そこからリレー方式で行方を追っていけば、諜報員との接触場所がわかるかもしれない。防犯カメラは、都道府県警のNシステム、街頭監視カメラ、交通管制カメラ、そして鉄道会社のものが利用できる。

一方、外事課は大使館に出入りする全《すべ》ての人間を盗撮している。リレー方式で追った先の防犯カメラ映像と、外事課から送られてくるリストの職員の顔写真を照合すれば、課報員の正体を摑める可能性がある。

「社長の映像追跡はもうオペレータにオーダーしてある」

「凄《すご》いな。刑事部では捜査員が目で見て防カメ映像を精査してるぞ。公安では、AIで映像検索するのが普通なのか」

西条が土浦に尋ねる。

「いえ、刑事部と変わりません。最近でこそ画像検索システムも使うようになりましたが、防カメ映像は規格がまちまちですし、検索システムの精度も低いですし、あまりアテになりません」

「じゃあオペレータが特別？」

土浦がうなずくと、西条は安心したようだった。刑事部と公安部とでそんなに捜査能力に差があったのでは堪《たま》ったものではないと思ったのだろう。

「今日はもう解散しようか。仲丸さんによれば、さすがのオペレータをもってしても映像の照合は今夜いっぱいかかるそうだから」

「オペレータというより、映像の取り寄せ先の処理能力の問題です。すべての映像データがオペレータに直で繋がっていれば、一時間とかかりません」

オペレータの能力が過小評価されたと思ったらしく、仲丸は端整な顔を不機嫌そうに歪めた。

「ごめん、言い方が悪かった。問題はオペレータじゃなくて取り寄せ先だよね。ともかく今日はもう休もう。明日の出勤は八時ということで」

仲丸が機嫌を直し、「では今夜はデートがあるのでこれで。残業がなくて助かります」と踊るような足どりで部屋を出ていく。

「いいのかい。俺たち刑事は、帳場が立てば家に帰れないこともザラだ。おまけに今回の案件は時間勝負だろ。捜査報告書の作成だってある」

「時間勝負であることは確かだけど、今ここに居てもできることはない。いざというときのために英気を養っておくのも重要。合衆国では睡眠も捜査官の義務って言うそうだよ。報告書はオペレータがまとめてくれる」

「さばけてるねえ」

西条は土浦を促して立ちあがった。

「班長がいいと言ってるんだ、帰るぞ。サイバー特捜の警部殿はどうするね」

西条の質問に、綾美は組んだ腕を伸ばして上体を反らせながら、

「私は外事課からのリストを待って、オペレータに必要事項を指示したら帰ります」

と答えた。

「じゃ、お先」

西条は土浦を引き立てるように部屋を出ていった。

6

「おい、一杯付き合え」

西条の誘いに、土浦は露骨に嫌な顔をする。

「そう嫌うなよ。朝は言いすぎた。仲直りの一杯といこうぜ、遅くはならない」

返事を聞かずに西条は歩きだす。背中で土浦がついてくるのを感じながら建物を出た。

さてどこに入ろうか。このあたりに土地鑑はないが、勤め人がいる街なら飲み屋の一軒や二軒はあるはずで、古いオフィスビルの地下に潜《もぐ》れば何とかなる。西条は二区画ほど物色しながら歩き、昭和の半ばに建てられたと思《おぼ》しきオフィスビルを見つけた。地下に通じる外階段があり、降り口には飲食店の案内看板がある。その一つに大手チェーンの居酒屋の名前を見つけ、階段を下りていった。

「班長、何者なんだ？」

生ビールとつまみを何品か頼んでから、向かいに座る土浦に訊いた。四人掛けテーブルの壁際に土浦を座らせ、西条は通路側に陣取っている。いちおう土浦のほうが階級は上であるし、物事を聞きだすには相手を上席に座らせたほうがいい。

L字型の店内はテーブル席のみで、客の入りは三分《さんぶ》もなく、両隣は空いている。店員もホールに一人しかおらず、話を聞かれる心配はなかった。

穣は警察庁長官官房の係長だったというが、最新機器を使いこなしながら捜査をうまくコントロールしている。公安の土浦も刑事の自分も、今のところその指揮に不満は抱いていない。警察庁は、警視庁をはじめとする地方警察とは別格の組織で、意地の悪い言い方をすれば官僚、すなわち行政官の集まりで、執行官である自分らとは毛色が違う。それなのになかなかどうして立派な指揮ぶりだ。

「なんだ、班長のことですか」

気が抜けたように土浦はつきだしの枝豆に手を伸ばす。何か説教されると思っていたのかもしれない。

「サッチョウの係長でしょ」

「そんなことはわかってる。ほかに情報はないのか」

「情報と言われましてもねえ」

店員が生ビールを持ってきた。二人はジョッキを手にとり、軽くぶつけあってから口をつける。

「帰国子女だそうですよ。アメリカの大学を卒業して、こっちで就職したとか」

「通訳枠とか、そんな特別枠で入ったのか」

「いえ、普通に公務員試験を受けたみたいです」

「どこの大学だ」

「バージニア大学。日本じゃあまり知られてませんが、向こうでは有名大学だそうです。少なくともサッチョウに入るのに不利にならないぐらいには」

土浦が店の入り口を見てジョッキをテーブルに置き、立ちあがった。その視線を追うと、河村が店の引き戸を閉めている。

「お前なあ。班員同士で飲むのに、いちいち上司にご注進かよ」

「土浦くんを責めないでください。あなたに話したいことがあったので、このような席になったら呼ぶよう、言っておいたのです。土浦くん、もう帰ってよろしい」

土浦は一礼し、半分ほど残ったジョッキに名残り惜しそうな一瞥《いちべつ》をくれてからテーブルを離れた。河村が、土浦の座っていた席に腰かける。

「一杯ぐらい、飲ませてやればいいのに」

西条はビールに口をつけたが、土浦と乾杯したときより味が薄くなった気がした。

「何でしょう、公安の警視殿がヒラ刑事の巡査部長に話したいこととは」

西条の皮肉な物言いを気に留める様子もなく、

「武田警部のことです。どう思います」

と訊いてきた。

「優秀ですな。班長として申し分ない」

「彼の母親はアメリカ人です。ノートン家といって、代々、州の議員を輩出している名門の一員」

「じゃあ班長はハーフ……おっと今ではミックスというのか、それだな。なるほど、言われてみれば納得というところだ」

穣の整った目鼻立ちと体付きを思い出しながら西条はいった。

「ただ、その母親の職業がはっきりとしません。武田警部の申告では、ファイナンシャル・コンサルタントとなっていますが」

「何かおかしなところでも？」

「情報があまりに少ないのです。コンサルタントは、知名度が上がれば上がるほど地位も上がり、収入も増える商売だ。ところが、ベロニカ・ノートンについては、在米大使館が調べてもまったくと言っていいほど情報がない」

「つまり？」

「コンサルタントというのは、偽装かもしれません」

笑うべきところだろうと西条は思ったが、河村の表情があまりに真剣なので、笑うのは止《や》めておいた。

「俺たち刑事も相当疑り深いが、公安はその上をいくな。コンサルタントといってもいろいろだろう。内輪向けのコンサルがいてもおかしくはない」

「確かにそうかもしれません。しかし、そうではないかもしれない」

「じゃあその母親の本当の職業は何なんだ？　シャブの売人か、マフィアのドンか」

「諜報の世界の人間かもしれません。あちらの名家は、何かと諜報機関と繋がりがあることが多い」

西条は馬鹿らしくなり、冷えたししゃもを口に放りこんだ。河村の話を聞く気はすでに失《う》せている。

「おかしいですか」

「おかしいというより滑稽《こっけい》だ。親が外国人なら、みんなスパイだと疑うつもりか。付き合ってられん」

「滑稽だろうと、あらゆる可能性を考慮するのが我われ公安の仕事です。想定外、というのは我われにとって無能の証《あかし》でしかない。今回、彼を班長に据えるのにアメリカが異例ともいえる動きをしている。また、彼は新しくアメリカの人間を調査班に引き入れた」

「美和参事官へ依頼したことか？　あれの言い出しっぺは俺だよ。それに、美和参事官から電話があったとき俺もそばにいたが、あれは押し付けられたふうだったぞ」

「そうかもしれないし、違うかもしれない。そこで、あなたにお願いしたいことがある」

「班長をスパイしろっていうなら断る。俺は刑事であって、監察官でも公安でもない」

「そんな大仰なものではありません。ただ、私の話を頭に留めておいて、気をつけておいて欲しいのです」

「土浦警部補殿にやらせればいい」

「土浦くんは頑張っています。しかし……」

河村は、わかるでしょう、とでもいうように言葉を消した。どうやら河村のなかで土浦の評価は芳しくないようだ。そんな人間をなぜ捜査班にと思ったが、そんな人間だからこそこの班に回されたのだろうと思い直す。西条はビールを飲み干し、勘定書を持って立ちあがった。

「支払は私が」

「嫌だね」西条は河村を見下ろした。「あんたに借りを作ると怖そうだ。安居酒屋の勘定でもご免だね」

7

外事課からリストが届き、オペレータに必要な指示を終えた綾美が、ノートパソコンを見て穣に声をかける。

「班長、公機から報告が届いています。市場氏のアパートには、居住者二人以外の指紋、微物、足跡はなし」

「防カメは？」

「アパートから半径二百メートル以内のコンビニ、個人宅のものを押さえたそうです」

「ヒロ・モービルの従業員の顔写真は集まっているんだっけ」

「会社監視班から専務と日本人従業員のものが送られてきています。社長のは運転免許証のものが。ロシア人従業員のものはありません〉

「オペレータ、会社最寄《もよ》り駅の防犯カメラから、過去三カ月の範囲で十回以上撮影されているコーカソイド男性の画像を収集。そのうちスラブ、バルト系を抽出。何人残った？」

〈八十二人です〉

「八十二人の映像と、公機が市場氏のアパート付近から収集した防カメ映像を照合。両方に映っている人物はいるかい」

〈有意に類似率が高いと認められる人物は不存在です〉

「同一と認められる人物はいない、ということです」綾美がオペレータの言葉を翻訳する。

「そうか……」

ヒロ・モービルのロシア人従業員が市場の自宅を荒らしたのではないかと穣は考えたのだが、違ったようだ。そこで穣はふと思いついた。

「オペレータ、八十二人の映像を、入国外国人の顔写真データベースと照合」

〈八十一人は照合できました。一人は有意に類似率が高いと認められる人物は不存在です〉

「一致なし？」穣は身を乗りだした。「もっと類似率を下げて照合してみて」

〈有意に類似率が高いと認められる人物は不存在です〉

「おかしいですね。その一人は、出入国在留管理庁データベースに登録されていないようです」

「入国外国人の顔写真登録が義務付けられたのは西暦何年だっけ、オペレータ」

〈二〇〇七年です〉

「ロシア人従業員は、市場氏の数カ月前に入社したんですよね。ビザの関係を考えても、二〇〇七年以前から日本にいたとは考えられません」

綾美が顎に指を当てて考えながらいう。

「不法入国、だよなあ。オペレータ、そいつの映像を中央モニターに」

駅の改札を通る、スーツ姿の男が映しだされた。中肉で身長はやや低く、隣の改札を通る大学生らしき日本人より顔ひとつ小さい。顎が張りだし顔の彫りは浅く、断言はできないが瞳《ひとみ》に緑色が混じっているようにも見えた。

「どう思う」

穣は、同じように身を乗りだして見つめている綾美に意見を求めた。

「何とも言えませんが……頑健でしぶとそうな印象を受けますし、ロシアの諜報員と言われれば、そんな気がします。オペレータ、警察管理の防犯カメラがこの男を捉《とら》えたら、PDAに連絡してください」

〈了解です〉

「事件現場の防カメから抽出した二十四名の緊張評価はどうなってる」

「二十名は終わっています。これまでにオペレータが注目した人物はいません」

「今日は解散なんて言っといて何だけど、残り四人、二人で終わらせてしまおうか」

四人全員に午後九時までに連絡を取ることができ、昨日の石神井での行動を確認しても、いずれも警察に対して一般市民が示す緊張以上のものはなく、オペレータは犯人性を否定する見解を示した。

「無駄足でしたね」

実際に足を運んだわけではないが、疲労感を漂わせながら綾美は伸びをする。

「可能性を潰した、と思えばいい」

つられて穣も伸びをした。疲れよりも空腹を感じていた。

「そうですね、すみません、弱音を吐きました」

姿勢を正し神妙な顔で綾美が謝罪する。その几帳面《きちょうめん》さに穣は微笑んだ。

「いや、初日から残業させて申し訳なかった。西条さんが言ってたような、犯人逮捕まで徹夜は当たり前、というやり方は好きじゃないんだけど」

「部下思いなんですね」

「そうじゃなくて」穣は苦笑した。「人間、睡眠をとらないとロクなことにはならない。僕も八時間以上寝ないと、頭がボーッとして使い物にならなくなる。だから自分が寝るために皆にも早く帰ってほしいというのが本音」

実際のところ穣にとって二、三日の徹夜は問題にならない。ファームの訓練で、五日間眠らせてもらえず罵声《ばせい》を浴びせられ続ける、という拷問も経験している。

「思いやり、ではなく合理性、でしたか。でも今の私は、睡眠欲より食欲ですね」

冗談めかした綾美の口ぶりに、穣は「だったら食事して帰る？」と誘う。

「やった！　行きましょう」

二人は、六本木駅近くの商業ビルの中層階にあるトラットリアに入った。夜景の見える席に通されたが、「窓際は落ち着かない」と綾美がいいだし、壁を背にする席に替えてもらう。アンティパストとピザを注文し、ビールを飲みながら当たり障りのない話をしていたが、穣がウィスキーのハイボールを頼み、綾美が白のグラスワインを頼んだところで、二人とも肩の力が抜けてきた。

「仕事が仕事だけに、友達と食事してもどこか緊張してるんですよね。うっかりお酒を飲み過ぎて、捜査の話なんかしたら大変ですし」

「真面目《まじめ》過ぎるんじゃない？　少しぐらい職場の話をしたほうが、話も盛り上がる」

「でも皆いろいろ聞きたがるんですよ。刑事ドラマを見ているせいか、えらく詳しい子もいるし。あしらうだけも大変」

綾美がグラスに口をつける。

「大学の友達？」

「そうです。地方の私立だったんで、こっちに出てきてるのは少ないんですよ。かえってそれでよく集まるんですけど、この年になってくると話題が合わなくなってきて」

「地方はどこ」

「北海道です。だから友達の多くは札幌《さっぽろ》で就職して。ねえ、班長は女性と食事に行ったりしないんですか」

唐突な質問だったが、穣はハイボールを口に運びながら落ち着いて答えた。

「行かないねえ」

「サッチョウの本店なら残業も少ないでしょ。なぜ行かないんですか」

「なぜって……」

絡み酒だったか、と内心苦笑しつつ、綾美に絡まれても悪い気はしなかった。

「大学が合衆国で、職場以外の知り合いが少ないからかな。入庁して二、三年は管区や地方警察に出たり入ったりだし」

「それは私も一緒。付き合ってる人はいないんですか」

「いないねえ」

「そうなんだ、へへへ」

綾美は嬉《うれ》しそうにグラスを持ちあげ、三分の一ほど残っていたワインを飲み干し、通りかかったウエイターにお代わりを頼む。

「土日は何してるんですか」

「洗濯、掃除、たまに映画」

「映画、字幕なしで見れるんでしょ。いいなあ」

「それが、帰国して七年も経つと字幕を読むほうが楽なんだ。なしでもいいけど、字幕があると自然とそっちを読んじゃう」

ウエイターが新しいグラスワインを置いていき、綾美はさっそく口をつける。

「事件が終わったら一緒に映画を観《み》に行きません？　何でもいいですから」

綾美の頬に赤味が差している。照れているのか、それともワインの酔いかはわからない。

穣がうなずくと、綾美はまた、へへ、と笑った。

8

「何があった」

ジョギングウェア姿のボロージンが、首にかけていたタオルで汗を拭《ふ》きながら性急にジョヌグリュールに問う。

アレクセイエフが杉橋社長を殺したマンションの部屋だ。このような緊急の会合に備え、ボロージンは早朝のジョギングを習慣としているとジョヌグリュールは聞いていた。ボロージンの自宅からこのマンションまで街頭の防犯カメラはないが、公安の尾行はついていたはずで、ジョギングに見せかけてどこかで消毒、つまり尾行を撒《ま》いてきたのだろう。

「アレクセイエフの顔写真が手配されました。もう彼は使えない」

ボロージンは、汗を拭く手を止めた。

「イーゴリが？　公安はあいつのデータを持っていないはず」

「ヒロ・モービルです。ロシア人従業員の顔写真を手に入れようと、捜査班が監視カメラから探しだしました」

ボロージンはふたたび汗を拭き始めた。

「なるほど、駅の監視カメラだな。ならば、まだ殺人事件とは直接つながっておらん。手配も公式なものではなく、非公式なものだろう」

さすがにボロージンは冷静に状況を判断している。

「ええ。しかし警察の監視カメラに映れば、ＡＩが検知して捜査班に連絡がいくようになっています」

「あいつの使い勝手が悪くなったのは確かだな。しかしまだ使い道はある」

ボロージンの瞳に冷酷な影が差す。その意味するところをジョヌグリュールは正確に読みとった。

「囮《おとり》ですね。しかし人員の余裕がなくなる。私とゾゾンは、本国からの指令で取引への直接の関与を禁止されています」

ふん、とボロージンは顎を反らせた。

「本国のつまらん縄張り意識にはうんざりだ。ＳＶＲにはもとより期待しておらんよ。私自身が動けばいいことだ」

「大佐自ら動く、と？」

「取引に失敗すれば、いずれにせよ私の立場は失われる。ならば賭《か》けてみるまでだ」

ボロージンのいうとおり、これだけの作戦に失敗した責任者を、大統領も軍も放っておくはずがない。待っているのは更迭と粛清だ。

この作戦はＧＲＵ極東本部が立案したもので、その意思決定にボロージンは関わっていないようだった。いわば本国から下りてきた指令を実行する下請けにすぎないが、不始末は計画を策定した指導者ではなく現場責任者が負わされる。ＧＲＵに限らず、あらゆる組織におけるソ連時代からの伝統だ。結局、このタイミングでＧＲＵの日本責任者の地位にあったことがボロージンの不幸なのだとジョヌグリュールは思った。

「そこまでの覚悟なら、何も言うことはありません」

ジョヌグリュールは一枚の紙片を差しだした。

「これは？」

「専務の居場所です。おそらく捜査班は、今日にでも彼の確保に動くでしょう。幸運を、大佐」

第三章　カッコウ、撃たれる

1

「空振りだったかあ」穣は残念そうにいった。

「オペレータによれば、専務が電話したときに大使館にいた人間が、社長の足どりが途絶えたあたりにいたという結果は得られませんでした」

生成りの麻のジャケットにチノパンという、今日も爽《さわ》やかな格好の仲丸は、班員全員が揃《そろ》ったシチュエーション・ルームで淡々と結果を報告する。

「社長が最後に映った防カメはどこ」

「西武拝島《はいじま》線の萩山《はぎやま》駅の改札です。ちなみに、府中街道と青梅《おうめ》街道、新青梅街道のNシステムの画像を照合に使用しました」

Nシステムは、最近設置されたものであればナンバープレートのみならず運転手の顔も撮影できるが、旧式のものはナンバープレートの数字しか読みとれない。新型にしても、すべての車の運転手を撮影できるわけではなく、運転席の高さやフロントガラスの角度によって撮影の可否が決まる。加えて、助手席ならまだしも後部座席に乗っていれば撮影は難しい。

「萩山駅かあ……なんだか消毒臭いね」

「消毒？」

技官である仲丸には聞き慣れない言葉らしかった。

「尾行を撒《ま》く作業をいうんだけど、ここでは防カメを躱《かわ》す意味。萩山までいくと、ぐんと街頭の防カメの設置台数が減るでしょ。どこかの路地に車を待たせてて、その後部座席に隠れて都内に戻れば足どりを消すことができる。本当の待ち合わせ場所は、二十三区内だったんじゃないかな」

もとより賭《か》けに近い画像照合だったが、それでも班員たちは期待外れの表情を隠せない。

「これで、手掛かりがなくなりましたね」綾美の落胆は特に大きいようだ。

「そんなことはない。萩山から二十三区内に戻る時間を計算に入れてやり直せばいい」

「つまり？」

「専務が電話したときに大使館内にいた人間のリストから、社長が二十三区内に戻ったと思《おぼ》しき時間に大使館内にいなかった人間を洗いだす」

「そうか、社長が萩山で消えたのは平日のデイタイムだから、けっこう絞れるかもしれませんね」仲丸が賛意を示した。

「外事課には、外交官のオフィシャル・カバーを持ってるロシア課報員のリストがあるはず。それと合わせれば更に絞りこめるんじゃないかな」

穣は綾美を慰めるようにいい、

「それにロシア人従業員を手配できたし、そら、また一つ情報が向こうからやってきた」

と中央モニターに目を遣《や》った。

そこには赤い文字で来訪者を知らせるアラートが示されており、一階のゲート前に佇《たたず》む女性の姿が映しだされていた。

「初めまして、在日アメリカ軍司令部のジークリット・チェンです」

綾美に案内されてシチュエーション・ルームに現れた女性は流暢《りゅうちょう》な日本語で名乗り、右手を差しだした。濃いブルネットの豊かな髪を後ろでまとめ、両目はややつり上がり、高い鼻と小さな口がバランスよく配されている。小さな頰《ほお》は紅が薄くひかれ、名前からしてチャイニーズ・アメリカンだろうが、日本語といい容貌《ようぼう》といい、日本人として街中に紛れても違和感はない。

「データをお届けに参りました」

ジークリットが差しだした手を握りながら、穣は、

「捜査班を率いている武田穣です。中尉殿自らわざわざありがとうございます」

と答える。

ジークリットのIDカードは、横田《よこた》基地にある在日米軍司令部所属の中尉となっている。

穣は班員たちを紹介し、「早速ですが、データの引渡しをお願いします」と本題に入った。

ジークリットが、後ろで控えている男を見る。美和参事官からは一人と聞いていたが、ジークリットには連れがあった。IDによると、所属は在日米軍ではなく国防総省、それなのに軍人ではなく文民の技官でサイモン・マクスウェルとなっている。金髪碧眼《へきがん》だが背が低く、細身の白人で日本語はできないという。

「外部接続端子はありますか」

穣と握手を交わしたあと、マクスウェルが英語で訊《き》き、穣は仲丸に合図を送った。仲丸が進みでて自己紹介をしながらマクスウェルと握手し、外部接続端子が設置されたデスクへと案内する。

「こんなに早くデータが届いたので、驚きました」

「正式な手続を踏めば、もっと時間がかかったでしょう。それ以上はお聞きにならないでください」

ジークリットが笑う。つまり非合法な手段で手に入れたということだ。

「チェン中尉はここに常駐なさると聞いていますが、本当ですか」

「ええ。本件は在日米軍にとっても最優先事項です。できる限りの協力をさせていただきます」

「在日米軍の出番はあまりないと思いますよ。三沢と座間《ざま》にある施設は別ですが」

穣は釣り玉を投げてみた。三沢と座間には、ファイブ・アイズの極東全体をカバーする通信傍受施設がある。公安部からの要請で巨大ＩＴ企業からデータを掠《かす》めとってきたチェンがただの司令部付の中尉であるはずがなく、統合参謀《さんぼう》本部情報部かＤＩＡの職員ではないかと穣は疑っていた。

果たして、ジークリットは、

「どこか二人でお話しできるところはありますか、武田警部」

と提案し、他の班員たちに目を遣った。みな一様に眉《まゆ》をひそめたが、なかでも綾美は眉根を寄せて唇を一文字に結び、不愉快さを隠そうとしていない。

「ここにいる班員は、この捜査のために選抜された者たちです。別室に移る必要はないと思いますが、何か理由でも」

「なぜなら、武田警部、司令官から警部宛《あ》ての親書を預かってきているからです」

ジークリットは、左手に持つ小ぶりなアタッシュケースを掲げて見せた。

「司令官から、チームリーダーだけに見せるよう命じられています」

穣はうなずき、綾美を見ると、納得した表情でうなずき返してくる。司令官命令となればジークリットは絶対服従だろう。

「わかりました、隣の会議室へ」

穣は先に立ってシチュエーション・ルームを出た。会議室の扉を開け、ジークリットを中に入れようとしたが、ジークリットは廊下に立って外を見ている。穣もそちらに目を向けると、今日は特に空気が澄んでいるのか、遠くに富士山が見えた。

美しい、という英語が傍らから聞こえる。

ジークリットが穣の横を通り、富士山の見えるガラス窓に近づく。穣が追いかけると、ジークリットは外に顔を向けたままガラス窓に沿って歩き、やがて建物の角まで来た。

「ここでいいわ」

ジークリットは左手を水平にしてその上にアタッシュケースを載せ、蓋《ふた》を開けた。不愉快なモスキート音が穣を襲う。穣は右手で軽く耳を押さえ、自分の耳鳴りでないことを確認した。アタッシュケースを覗《のぞ》くと、銀色の機器が緩衝材で固定されている。

「通信妨害装置？」

穣は、こちらに向き直ったジークリットに訊いた。

「そう」英語でジークリットが応《こた》える。「これで盗聴器も盗撮器も用をなさない。安心していいわよ、ミスター・ノートン」

穣は咄嗟《とっさ》に「何のことでしょう」ととぼけた。

「大丈夫、ラーウィル支局長から、あなたがＮＯＣであることは聞いてる。そんなに怖い顔をしないで」

「きみはどこの人間なんだ。統合参謀本部？　ＤＩＡ？」

「ＤＩＡ。でも本国では作戦群にいたわ」

穣は睨《にら》むのをやめ、口をすぼめて驚きを表した。改めてジークリットの全身を眺めると、なるほど、パンツスーツに包まれた細身の体からは敏捷《びんしょう》さと力強さを感じる。

「それはすごい。本部特殊作戦群か。もとはレンジャー連隊？」

「デルタフォース」ジークリットは平然と答える。

ＤＩＡは国防総省に設置された諜報《ちょうほう》機関だが、国防総省の最高意思決定機関である統合参謀本部の運用する実力部隊、特殊作戦群を抱えており、その隊員には第七十五レンジャー連隊やデルタフォースの出身者が多い。デルタフォースは合衆国陸軍の特殊部隊で、急襲、強襲作戦を得意とする対テロ部隊だが、紛争地域における情報収集や警戒監視といったインテリジェンス活動も行なっている。

おそらくジークリットはそういった作戦に従事していた元デルタフォース隊員で、統合参謀本部の特殊作戦群に引き抜かれ、今はＤＩＡの情報官を務めている。将来は統合参謀本部の中枢で働くことを約束されたエリート軍人だ。

「そのきみが、なぜここに」

「支局長から聞いてるはず。大統領令で、ジャベリン回収のためにすべてのアセットを投入するって。あなたも私もその一つに過ぎない」
「それにしても俺《おれ》のカバーをＤＩＡにばらすなんて」
怒りで自然と言葉遣いがぞんざいになる。偽装を明らかにされることがＮＯＣにとって
どれだけ危険なことか、ラーウィルが理解していないはずがないのにと悔しくもあった。
「この任務が終われば、あなたのＮＯＣとしての生活も終わり、ということじゃない？」
「俺は同意していない。潜入は続けるつもりだ」
ジークリットは肩をすくめた。「それはＣＩＡ内部の事情ね。この件が終わってから話
し合って頂戴《ちょうだい》」
肩を上げても左手に載せたアタッシュケースは微動だにしない。穣は憤りながらもその
筋力に感心した。
「今はジャベリン回収に専念すべきで、私たち――ＣＩＡとＤＩＡのことよ――の間で秘
密があってはならない。ラーウィル支局長があなたのカバーを私に話したのも、そのため
じゃない」
「本国はこの案件に入れこみすぎだ。海兵隊のＩＤが付いているといっても、しょせんは
歩兵用の携行武器。核兵器や生物兵器、化学兵器じゃない」
穣の言い草に、ジークリットはふっと口角を緩めた。
「ＮＢＣならもっと大騒ぎになってる。この程度じゃすまないわ」

それから真剣な目つきになり、「極東のロシア軍と中国軍の動きが活発になってる。中国の台湾《タイワン》侵攻と同時に、ロシアは北海道に侵攻するかもしれない」といった。

「そんなバカな」反射的に穣は否定する。「ウクライナで手一杯で、極東に戦線を拡大する余裕などないはずだ」

「本格的な侵攻を考えているかはわからない。しかし制裁に加わらない中国に物質面でも経済面でも頼っている今、中国から求められれば侵攻せざるをえない。対レーダーミサイルを北海道に持ちこんで防空網を破壊できれば、北半分の占領は容易になる。占守島《しゅむしゅとう》に日本軍はおらず、在日米軍の防衛ラインは北海道南部にひかれる」

穣はジークリットと並んで東京の街並みを見下ろした。直下を見やれば行きかう人々が小さく見える。その一人ひとりに親があり子があり、人生がある。この国を戦禍に陥れてはならない。

「私がここに来た理由がわかるでしょ。DIAもCIAも、そしてオーバルオフィスも事態は差し迫ってると考えてる」

「こちらの状況は理解しているのか」

「美和参事官から聞いた。西条巡査部長のエージェントが入手した海図の写真をもとに、引渡地点を特定しようとしている。それが私の持ってきた海図でしょ」

「もう分析済みなんだろ。どうだった」

「海図の写った写真は一枚、男が机に海図を広げて見ている写真。解析したところ、海図は『大島至《おおしまいたる》鳥島《とりしま》』という航海図であることがわかった。『大島至鳥島』は伊豆大島から鳥島までの海域を示す地図。関東近辺に持ちこむつもりだとは思うけど、海域が広いから、地点は特定できない」

「海図に書きこみは？」

「なかった」

「なかった？　地点を特定できる何かが記載されていたはずだ」

「なかったのよ、それが。ここにある人工知能と同等以上のマシンで解析した結果よ」

「おかしい」

穣は視線を遠くに飛ばし、稜線《りようせん》をなだらかにおろす富士山を見据えた。

「ならばなぜ市場は殺された？　価値のない情報を摑《つか》んだだけで殺されるわけがない。海図には、殺されるだけの何かがあったはずだ。それとも、何かの拍子で殺されたのか。それなら、相手はよほどの素人だ……」

そんな相手がジョヌグリュールであるはずはない。市場のアパートから帰るときに覚えた違和感が、穣の中で強くなっていく。

「写真の男はヒロ・モービルの専務で、市場さんが殺される前日に会社で撮影されたもののようです」綾美がいった。

中央モニターに、市場が撮影した写真が大きく表示されている。

仲丸を除いた全員がミーティングテーブルに座っていた。ジークリットは穣の隣の席に陣取っている。マクスウェルは仲丸とともにサーバー・ルームに消えていた。

「専務には行確が付いているよね、今どこ？」穣が訊く。

「昨夜は奥多摩《おくたま》にある、自己所有のログハウスに泊まったようです。食料を買いこんでいたとのことですので、しばらく籠《こも》るつもりかもしれません」

綾美が答え、それに応じてサイドモニターに地図が表示される。

「携帯は？」

「電源が入っていません。ログハウスに固定電話はなく、公総からの報告でも誰《だれ》かに連絡をとった形跡はなし」

「奥多摩か……西条さん？」

穣は首を捻《ひね》り、テーブルの端で穣の淹《い》れたコーヒーを飲んでいる西条に顔を向けた。今日は専務が海図を見ている写真という武器がある。昨日と同じく西条が事情聴取することで、さらにプレッシャーをかけようという腹積もりだった。

西条にも伝わったようで、

「あいよ、行ってくる」

と紙コップをゴミ箱に放《ほう》り、上着を持って立ちあがる。

「マクスウェルを同行させても構いませんか」

突然のジークリットの申し出に、西条は困ったように穣を見た。

「どういうことです」穣は隣のジークリットに体ごと向き直る。

「もし聞きだせなかった場合、専務をマクスウェルに引き渡してくれませんか。こちらで処置します」

「処置?」

「いい薬があるんですよ。口が軽くなる」

穣はすぐにジークリットの言葉の意味を悟った。

「自白剤か……」

穣の呟《つぶや》きに、シチュエーション・ルームの空気が凍りつく。

「あいつ、技術者じゃなかったのか」

西条は嫌悪の表情でジークリットを見る。

「技術者です。ITだけでなく、薬物の扱いにも長《た》けた」

「チェン中尉、そういうことならば、西条さんとは別行動にしてください。藤堂さん、公総に、ヒロ・モービル関係の監視をすべて外すよう手配して」

綾美がためらいながらも「了解です」と答える。マクスウェルが専務を攫《さら》うところを公安総務に見せないようにするための措置だと気づいたのだ。

「班長、何を考えてるんだ、あんた」

「情報。私が考えてるのはそれだけです。時間勝負、と言ったのは西条さんでしょ。専務の持っている情報を今日中に手に入れたいし、そのために必要なら合衆国の手も借りる」

「ここは日本だぞ。日本の法律でやるべきだろうが」

「西条さんもヒロ・モービルの盗聴には目をつむった」

「レベルが違うだろ。そりゃ盗聴は違法だろうが、命にはかかわらない。自白剤は命にかかわる」

「大丈夫、そんな危険な自白剤は合衆国でも使用しない。そうですよね、チェン中尉」

面白そうに二人のやりとりを見守っていたジークリットが、「命に危険がないのは保証します」とうけあう。

「ほら」

「でも盗聴と自白剤は違うだろうがよ。拷問《ごうもん》と一緒じゃないか。あんた、そんなこともわからないのか」

「わからないなあ。例えば日本が戦争に巻き込まれるかどうかの瀬戸際で、戦争を回避するために必要な情報を握っている人間がいるとしたら、情報を聞きだすために西条さんの基準ではどこまでの行為が許されるの。盗聴？　自白剤？　拷問？　指を切り落とす？」

西条が言葉に詰まるのを見て、穣は口調を和らげた。

「冗談だよ、そんなに怖い顔をしない。拷問によって獲得された情報は真実性が低い、というデータもあるから、そんなことをするつもりはない。ただ今回のケースでは、自白剤の使用までは許容範囲というのが僕の判断」

それに、と穣は続けた。

「西条さんが訊きだしてくれると期待してるから」

西条の表情から毒気が抜ける。

「ただし、土浦さんも同行する。西条さんの尋問が行き詰まったら、土浦さんの判断でマクスウェルさんを呼んで」

土浦はうなずいて立ちあがった。責任の重大さに、心なしか顔が白くなっている。

「チェン中尉、土浦さんが連絡するまでは手出し無用に願います」

ジークリットが赤い唇を割って微笑《ほほえ》んだ。

2

舗装道路が途切れ砂利の林道を十分ほど走ったところで、杉林が開け、ログハウスが数十メートルおきに建っていた。西条がＰＤＡを確認すると、一番奥の、それも林道から五十メートルほど斜面を登ったところにあるログハウスが目的の建物のようだ。

土浦にゆっくりと走るように指示し、西条は周囲のログハウスを観察する。玄関前や窓枠に枯れ葉が積もり、階段が抜け落ちているものもあった。辺りに人気はない。

目的のログハウスに繋《つな》がる山道の入口に軽自動車が駐《と》めてあり、土浦がその後ろに車をつけた。エンジンが止まり、西条は助手席から降りた。

むせるような緑の匂《にお》いの中で、ウグイスが鳴いている。その声を打ち消すように低く獰《どう》猛《もう》なエンジン音が響いた。西条が振り向くと、フォードの黒色のバンが林道を塞《ふさ》ぐように停《と》まる。頑強そうな黒人の運転手の隣にマクスウェルが乗っていて、フロントガラス越しににこやかな笑顔で手を振ってきた。

こいつはきっと笑いながら自白剤を射《う》つに違いない。嫌悪の表情を見られまいと西条は顔を反らした。土浦に声をかけて山道を登る。

他のログハウスと同様、玄関周りに枯れ葉が積もっているが、ドアを開くのに必要なスペースだけ床材が見え、そこを陽《ひ》が温めていた。玄関は南向きらしい。

西条は、思い切りドアを叩《たた》く。

「府中署の西条だ、開けろ」

応答はない。中に籠られたら厄介なことになると西条は思った。そうなれば、自分たちの事情聴取を待たずにマクスウェルたちが踏みこみ、専務に自白剤を射つだろう。

「おい、手間をとらせるな。話を聞きたいだけだ」

「令状はあるのか」

扉の向こうから震えた声が聞こえた。西条は土浦と顔を見合わせ、やれやれとため息をつく。

「ないよ。だがそんなことは言ってられないぞ、いまアメリカとロシアがお前の身柄を欲しがってる」

土浦が「ロシア?」と無言で口を動かし質問する。西条も口の動きで「黙ってろ」と伝えた。

「俺たちが帰ったら、二つの国の諜報機関がお前を巡って戦争をおっぱじめるぞ。俺たちについたほうが安全だと思うがな」

「適当なことを言うな!」

「適当? 何が適当なんだ? ロシアがアメリカのジャベリンをこの国に持ちこもうとしていることか。それとも、ロシアが口封じのために市場を殺したことか」

「……そうだ、市場を殺したのはロシアのやつらだ。俺じゃない」

「そうだろ、そうだろ。俺もあんたが市場を殺《や》ったとは思っちゃいない。あれはロシアの殺し屋の手口だってよ。俺が逮捕したいのはそいつだ。しゃべっちまったほうが安全だぞ」

「殺し屋を逮捕？　あんた、公安じゃないのか」

　驚きの気配が伝わってくる。

「やめてくれ、公安なんてこっちから願い下げだ。府中署だと言ったろ。普段はシャブ中の相手をしてる」

　扉が少し開いた。西条が室内を覗きこむと、細長い棒を手にした専務が扉の暗がりに隠れている。

「入っていいかい」

　専務がうなずくのを確認し、西条は建物に足を踏み入れた。土浦が続き、二人が中に入ると専務は扉を閉めて施錠する。

　建物の中は薄暗く、陽射しの中にあった目が順応するのに時間がかかる。目が慣れ、改めて専務を見ると、その変わりように西条は息を呑《の》んだ。一日と経《た》っていないのに、目が窪《くぼ》み頬《ほお》は細り、髪も乱れて一気に老けこんでいる。

「なあ、あんた。出頭したほうがいい。このままじゃ身がもたない」

　追いこんだのは西条自身なのだが、罪悪感もなく西条はそういった。

　専務が細長い棒を床に落とす。暖炉などで使う火掻《ひか》き棒だった。専務は壁に背をつけ、ずるずると座りこみ、膝《ひざ》の間で頭を抱える。

「アレクセイエフだ。殺《や》ったのはアレクセイエフだ」

「ロシア人の従業員だな」

西条はPDAを取りだし、画像を呼びだした。

「見ろ」

西条は屈《かが》んで、専務の前に突きだした。

「見ろって。こいつがアレクセイエフか」

専務がのろのろと頭を起こし、PDAの画面を見つめ、がくがくと痙攣《けいれん》するようにうなずいた。

「何者なんだ?」

「はっきりとは知らん。パスポートも持たず、社長に連れられてうちにやってきた。社長がイーゴリ・アレクセイエフという名で偽造パスポートを手配してやれって」

「何者か、見当ぐらいはついてるんじゃないか」

専務の目に怯《おび》えが走る。

「話したほうがいい。どうやらあんたは、とんでもない世界に足を踏み入れちまったようだぞ。そりゃ今までも真っ当な商売じゃなかっただろうが、こいつは次元が違う」

また専務は頭を抱えた。

「もともとうちはロシアンマフィアとは付き合いがあったんだ。担保で融《と》かした高級車を、廃車として輸出し、利益を分け合う」

「高級車を廃車として輸出って、どんな手法だ」

「埠頭《ふとう》に行けば、古い車があちこちに捨ててあるのを見かけるだろ。廃車を輸出すると申告して税関をパスし、廃車の入ったコンテナを保税区域に持ちこんだ後で、コンテナの中身を高級車に入れ替え、用済みになった廃車は車体番号を削って捨てるんだ」

「ははあ、ダミー車両を使った不正輸出か」

数年前から問題になっている手法で、組対五課にも注意喚起の文書が回ってきていた。

「そのやり方で、うちは儲《もう》かってたんだ。アレクセイエフが来るまでは」

「アレクセイエフが来て、どう変わった」

「ダミー輸出ができなくなった。ロシアンマフィアが取引に応じなくなったんだ。そして、アレクセイエフの仕事がすめば、また取引をしてやると」

「ヒロ・モービルにケツモチはいないのか」

「いない。社長がロシアンマフィアに繋がってるのを知ってたんで、どこも手を出してこなかった」

「そのロシアンマフィアがアレクセイエフの名前を出した。いったい奴《やつ》は何者なんだ」

「本当に知らん。でもロシアンマフィアが、俺たちに命令できる組織の一員だから気をつけろ、と。それを聞いて、俺はロシア政府の工作員だと思った」

「なぜ」

「なぜ？　あんた知らないのか、ロシアンマフィア、特にサハリン系はほとんどに政府の息がかかってる。オリガルヒにマフィア出身者がごろごろいる国だぞ。あの国で裏社会を牛耳ってるのは誰だ？　大統領さ」

「わかったわかった。それで、アレクセイエフは何をしようとしてたんだ」

「瀬取りだ」

西条は、ＰＤＡの画像を、ジークリットが持ってきた写真に切り替えた。

「この写真に写っているのは、あんただな。この海図は？」

「瀬取りの場所を示す地図だ。国際郵便で届いた」

「しかし、解析しても書きこみはなかった」

「書きこみなんてない。針で穴が開けてあった」

西条は納得した。写真の画像は粗く、ややピントもずれている。ピクセルだかドットだか知らないが、紙に穴が空いていてもデジタルデータとして記録されていないだろう。無いものは解析できるはずもなく、オペレータをもってしても地点を特定できなかった。

「穴の位置は覚えてるか」

「一回見ただけだ、無理だよ。地図はすぐに社長に渡した」

「この写真を市場が撮ったと、あんたはどうやって知ったんだ」

「アレクセイエフに教えられた」

建物西側の窓から外を覗いていた土浦が、「ちょっと」と西条を呼ぶ。

西条がそっと窓から見ると、フォードの周りに男が四人いる。二人は運転手の黒人と助手席にいたマクスウェルだが、残り二人はコヨーテブラウンとグリーンを基調とした迷彩服にヘルメットという姿で、腰には大きなホルスターを吊《つ》るしている。フォードの中に潜《ひそ》んでいたのだろう。その二人にマクスウェルが何か指示を出し、二人は林道から外れて山の斜面に向けて歩きだした。

――この小屋を囲むつもりか。

迷彩服の自信に溢《あふ》れた歩き姿に、西条は強い意思を感じた。最初から専務を攫って自白剤を射つつもりだったのだ。雑巾《ぞうきん》を絞るように、専務の脳みそから情報を搾り取る。

「おい、この小屋に裏口はないのか」

専務が絶望の表情を西条に向ける。

「そんな目をするな、守ってやるよ。アメリカにもロシアにも渡しやしない」

「裏口はないが、床下に潜《もぐ》る階段がある。薪《まき》を取るためのものだ。そこから玄関の下に抜けられる」

西条は専務の襟首を掴んで立たせ、指さす方向に歩かせる。力が入らないのか、かくかくと専務の足どりが覚束《おぼつか》ない。引きずるように歩かせながら、西条は訊いた。

「ほかに言っておくことはないか」

「明日だ」

「何が」

「アレクセイエフは、もとから明日が最後の出勤日となる予定だった」

「じゃあ」

「たぶん、瀬取りは明日の夜か明後日《あさって》か、とにかく近いうちに行われる」

「上等だ」

専務が指さす床板を西条は引き上げ、階段に専務を押しこむ。外から爆発音が聞こえ、建物が震えた。専務が尻《しり》もちをついて階段を転げ落ちる。

「なんだ！」

「車が、ひっくり返りました！」

西条の問いに、窓際の土浦が腰の引けた姿勢で叫ぶ。

階段の下で体を起こした専務に「伏せてろ」と指示し、西条は土浦の傍に駆け寄った。フォードが横倒しになり、その傍《そば》で黒人とマクスウェルが倒れているのが見えた。マクスウェルの下半身は血に染まっている。

斜面の下から軽快なエンジン音が響き、玄関横の窓ガラスが割れる。

――銃撃された？

西条は腰を屈めて割れた窓に走ろうとした。

その瞬間、東側の窓の外を何か黒いものが横切ったような気がして、とっさに身を床に投げだす。爆竹よりもさらに軽い音が連続して鳴り、東側の窓ガラスが割れる。西側の窓のそばで固まっていた土浦が倒れた。

「おい！」

西条は、ガラス片の散る床を這《は》って土浦に近づく。土浦は右手を左肩に当てて歯を食いしばっている。命に別状はなさそうだったが、土浦の脂汗の浮く顔を見て西条の怒りに火が点《つ》いた。とっさにホルスターの拳銃《けんじゅう》に手を伸ばす。

しかし、その手が止まる。怒りに任せて銃を抜いて、前回はどうなった。西条は知らず自問し、躊躇《ちゅうちょ》が生じる。

そのとき、「危ないと思ったらぶっ放して」という穣の言葉が甦《よみがえ》った。

土浦と専務を守らねば。西条は銃を引き抜いた。ガラスの割れた東側の窓に走り、拳銃を握った手を窓から突きだすと宙に向けて二発放ち、さっと窓の外を見る。

斜面の上で小型のオフロードバイクを転回させている男と、そのゴーグル越しに目が合った。緑色の瞳《ひとみ》。アレクセイエフ。肩にはサブマシンガンのようなものを提げている。

――好き勝手やりやがって！

怒りが沸騰し、躊躇が霧散する。アレクセイエフめがけて残弾三発を放った。

しかしアレクセイエフは気にするふうもなくバイクを回し、サブマシンガンを片手に建物めがけて走らせる。

畜生、と床に転がっている土浦の銃を取ろうと体を翻したところで、先ほどとは違う重い発砲音が響いた。土浦の銃を拾い、まだガラスが残っている北側の窓に跳びつく。

迷彩服の二人が、アレクセイエフのさらに上の斜面に膝立ちになり、大型のハンドガンをアレクセイエフに向けていた。

アレクセイエフはバイクを倒木の陰に倒し、伏せたままサブマシンガンを掃射する。迷彩服の一人が倒れ、もう一人が撃たれた人間を引きずって木の陰に隠れた。

アレクセイエフも起き上がり、近くの木立に身を隠す。

西条はそっと東側の窓に戻った。案の定、米兵から隠れたアレクセイエフの半身が見えている。西条は慎重に背中に狙《ねら》いを定める。市場の顔が脳裏をよぎった。仇《かたき》を討つ。教場や術科で習ったように、そっと引き金を絞る。

土浦のオートマチックの銃口は大きく跳ね上がり、アレクセイエフが身を寄せた木のはるか上の枝に当たった。

——ヘタクソ!

自己嫌悪に陥りながら西条は弾が尽きるまで引き金を絞り続けた。

しかしアレクセイエフはすでに身を伏せていた。西条の弾が尽きたところでバイクに駆け寄り、引き起こし跨《また》がって斜面を走り下っていく。

「待ちやがれ！」

窓から身を乗りだして西条は叫んだが、バイクは林道に消えていった。

3

「土浦さん、弾は骨に当たらず抜けていて、二、三日で退院できるって」

シチュエーション・ルームに戻ってきた西条に穣は教えた。時刻はすでに午後六時を回っている。

「米軍のほうも死者はいなかったとのこと。不幸中の幸いだね」

穣は、ミーティングテーブルのいつもの席に座り、頭の後ろで手を組んでいる。綾美も、これも定位置になってきた机に座ってノートパソコンに向かっていた。仲丸はサーバー・ルームに戻っている。

西条が部屋を見渡す。

「チェン中尉が見当たらないな」

「マクスウェルさんの怪我《けが》が一番重かったようで、彼が収容された横田基地の病院へ。すぐに戻るとは言ってたけど」

西条が、両手首に巻かれた包帯を気にしながら「専務は？」と尋ねる。ガラスの破片で幾筋も切り傷を負ったようだが、いずれも二、三針程度のものだと穣は医師から報告を受けていた。

銃撃戦の後、西条と海兵隊員が、それぞれシチュエーション・ルームにいる穣とジークリットに連絡を取った。急遽《きゆうきよ》二人は話し合い、在日米軍が現場一帯を封鎖することで折り合った。ジークリットは海兵隊が日本国内で戦闘行為を行なったと知られたくはなかったし、穣、いや公安としても国内で合衆国とロシアが銃撃戦を行なったとは発表したくない。二人の判断は、在日米軍司令部と美和参事官によって黙認された。日本側においてはもちろん正式な決裁を得られるわけもなく、美和参事官が自分のところで握りつぶしたというのが本当のところだろう。

西条は抗議したが、在日米軍が現場を封鎖する代わり、専務は日本側が連れ帰ると合意したと穣が伝えると、西条は土浦と専務を車に乗せて早々に現場を離れ、美和参事官が手配した病院で二人を看護師に引き渡した。

「専務も今夜は入院して、明日からは公総の用意するセーフ・ハウスに移ってもらう予定。対外的には病院と公安の関係は秘匿されているし、二十四時間公安の人間が護衛に付くから大丈夫でしょ」

穣の返答を聞き、西条の表情から力みが消えた。ジークリットが専務に自白剤を注射するのでは、と心配していたのかもしれない。

「それにしても今回の襲撃はいろいろと不思議。謎《なぞ》は二つあって、なぜアレクセイエフが専務の居場所を知っていたのかということと、なぜ死人が出なかったのかということ」

「死人が出なかったのが不満かい？　俺たちがドンパチやってたとき、あんた達は何をやってたんだ」

穣の言い草に腹が立ったようで、西条が噛《か》みついてくる。

「社長と専務の自宅の家宅捜索。何も出なかった。当然と言えば当然だけど」

穣は宥《なだ》めるようにいい、立ちあがって西条のためにコーヒーを淹れる。それを見て西条はミーティングテーブルの席に座り、ジッポーをポケットから取りだしてテーブルに置いた。両肘《りょうひじ》を突き、顔を洗うように両手でこする。

「そうだ、専務はヒロ・モービルが中古車のダミー不正輸出をやっていたと言った。あの手口は通関業者や倉庫業者の協力が欠かせないはずだ。いちおう調べておいたほうがいい」

「わかった。公総に専務を聴取させて、業者を特定しよう」

穣が答えると、西条はまた両手で顔をこすった。

「お疲れのようで」

穣が紙コップを差しだす。

「相手はサブマシンガンだぜ。よく生き残れたと恐怖に震えてる」

受けとりながら冗談めかして西条がいう。

「でも、銃撃戦は初めてじゃないんでしょ。僕は経験ないけど」

穣は席に戻りながら、ジッポーに目を向ける。西条は軽く目をつむって紙コップからコーヒーを啜《すす》った。

「アレクセイエフは、マクスウェルの車に忍び寄り、手榴弾《しゆりゆうだん》を車の下に放《ほう》り込んだ後、バイクで小屋を襲撃した。大まかにいってそんな感じだったんだよね」

「ああ」

「なんで最初から小屋に手榴弾を投げこまなかったのかな。こっそり小屋に近づき、窓から放りこんで、さっさとバイクで逃げればよかった」

「アメリカの奴らが邪魔で近づけなかったんだろ。奴らは林道に車を停めていた」

「オフロードバイクなら、林道を避けて山の上から襲撃できる」

「襲撃は本気じゃなかったと言うのか。土浦は撃たれて怪我したんだぞ」

「西条さんは撃たれてない。土浦さんはまあ何というか……」

「運動音痴？」

西条がいい、穣は笑った。綾美は我関せずと澄ました顔をしている。西条がコーヒーを置いて両手を挙げた。

「わかったよ。俺たちが助かったのが俺の英雄的奮闘のおかげじゃなく、ロシア野郎が手加減したためだったとして、なぜそんなことをする」

「それが理解できないから謎」

西条の髪の毛とスーツには、落としようのない埃《ほこり》がこびり付いている。顔は洗ってあるが、疲労のためか目の下に皺《しわ》が寄っていて、そこに汚れが詰まっていた。

「西条さん、もう上がっていいよ」

「土浦に加えて俺まで寝てられるか。いっそのこと、今日からあの海図に載ってる海域を全部封鎖しちまったらどうだ。あるいはあそこを通る船を全部検査するとか」

「西条部長」綾美が西条に呆《あき》れた表情を向ける。「気軽に封鎖とか検査とかいいますけど、海上輸送のコンテナ船がどれだけの荷物を運んでいるか、知ってます？」

「船一つでコンテナ千数百個だっけ」

「情報が古いです。それは一九九〇年代の話で、二〇一五年で平均九千個、今は一万超えも珍しくなくて最大の船は二万個を超えます。それらのコンテナを、外海で検査できるとでも？」

「なんでそんなに詳しいんだよ」

「今のコンテナ船は、積載から航行まで完全コンピュータ制御でハッキングの対象になりやすいんです。物流を混乱させようとするサイバー攻撃の標的になる」

なるほど、と西条のみならず穣も納得する。

穣は、オペレータに、中央モニターに『大島至鳥島』の航海図を表示するよう命じた。

「『大島至鳥島』の海図の縮尺は五〇万分の一。専務には地図のどのあたりに針の穴があったか教えてもらったけど、せいぜい五センチ四方の範囲でしか特定できなかった。それも自信がないと言ってる。地図上の五センチ四方の海域は、実際には六二五平方キロメートル。位置が一センチずれれば五キロも違ってくる。その海域の封鎖は現実的じゃない」

いいながら、それでもジークリットなら封鎖するかもしれないと穣は思った。

「じゃあどうするんだ」

「手をこまねいているわけにはいかない。西条さん、明日のアサイチで現場に行って」

「現場って、海の上か」

「乗る船は、いま美和参事官が海上保安庁と調整中。あちらは国土交通省なので、手回しが大変みたい」

西条の表情が変わる。「俺、乗り物に弱いぞ。車が精一杯だ」

穣は聞こえないふりをした。

「ま、追って連絡するから、そのつもりで」

「班長、あんたの人使いの荒さは帳場以上だよ。コーヒーを淹れるのは上手《うま》いがね」

捨て台詞《ぜりふ》を残して西条が部屋を出ていった。入れ替わりに、仲丸が入ってくる。この時間まで残業とは珍しいと穣が思ったのと同時に、

「ああ、残業してしまった。これ、班長が朝、言ってたリストです。では」と書類をテーブルに置いて帰っていった。

その慌ただしさに、穣は綾美と小さく笑う。

仲丸の置いていった書類には、三人のロシア人の名前が記載されており、それぞれの名前の後ろに、外事課の調査による本国での所属先が載っていた。さらにその後ろに、社長が萩山駅から都内に戻ったと仮定した場合の推定時刻と、その時にどこに居たのかが書いてある。三人のうちの二人の居場所は、日本の外務省と中国の大使館。残る一人だけ、居場所の記載がない。

穣は笑みを漏らした。外事課の課員が「失尾」したのだとわかったからだ。対象者に尾行を気づかれて見失う失尾は公安捜査員にとって最大の屈辱とされる。きっと厳しく叱責《しっせき》されたことだろう。

その一人の名前は、エフセイ・ボロージン。ロシア連邦軍参謀本部情報総局。

「どうしたんです、にやけて」

綾美が穣に歩み寄る。

「仲丸くんのリスト、たぶん大当たり」

穣はリストを綾美に見せた。綾美は視線を紙面上で何度か往復させた後、「このボロージンが首謀者?」と呟いた。

「綾美さん、ボロージンの身上調査報告書を外事課に……待った、うってつけの人物が戻ってきた」

中央モニターにアラートが表示され、一階のエレベーターホールに立つジークリットの姿が映しだされていた。

「セキュリティ・ゲートは？」

「美和参事官の指示で、パスを渡してあります」

ジークリットがシチュエーション・ルームに入ってくると、穣はまずマクスウェルの容態を確認した。綾美がいるため日本語を使う。

「足をかなりやられています。切断までは必要ありませんが、歩けるようになるかどうか」ジークリットの表情は沈痛だ。

「そうか……早く回復するよう祈っています」

穣の言葉にジークリットはうなずく。

「襲撃したのはアレクセイエフでした。あの専務は重要な情報を持っているに違いありません。自白剤を使わせてください」

「そのことですが、チェン中尉、今回の襲撃はどこかおかしい」

穣は、アレクセイエフが本気ではなかったのではないかとの仮説を聞かせた。

「専務を殺すつもりはなかった……」

ジークリットは眉間《みけん》にしわを寄せて考えこむ。その姿を穣は美しいと思い、そんな穣を綾美が見ている。やがてジークリットがテーブル上の紙に目を落とした。

「これは？」

「専務が電話した相手と思われるリストです」

ジークリットは人差し指で名前をなぞり、ボロージンの上で指を止める。

「エフセイ・ボロージン」

「知っていますか」

「GRUの大物です。日本にいるGRUの中で、唯一の大佐」

「大佐。確かに大物だな」

「GRUにしろSVRにしろ、ロシアの諜報員にとって大佐というのは一つの到達点、勲章のようなものです。ついに……」

ジークリットが自分を見つめる綾美に気づき、首を傾《かし》げて視線を返す。

「何か」

「え」綾美は我に返り、顔の前で手を振る。「別に、何も」

綾美は二人から離れ、そそくさと椅子《いす》を引いて座った。その仕草に、ジークリットはふと表情を緩める。

「ついに？」

女性二人の微妙な空気に戸惑いつつ、穣がジークリットに先を促す。
「いや、何でもありません。それより、在日米軍司令部は、専務が指し示した海域につい
て、アメリカ海軍の艦船と潜水艦をもって明後日午前零時に封鎖し、海域内にいるすべて
の船舶に対して検査を行うことを決定しました」
「……おおごとになるぞ」
「アメリカ海軍の兵員と技術をもってすれば、外海上におけるコンテナ船の点検も不可能
ではありません」
「そんなことじゃない。海域は日本の排他的経済水域で、一部には領海も含まれている。
他国の船舶へ臨検を行えば、日本に対する主権侵害だ」
「わかっています。司令部にとっても苦渋の選択でした」
「いいや分かっちゃいない。政治レベルの外交問題になる。ウクライナが緊迫したこの情
勢下で、合衆国と日本との間に亀裂が入るんだ。笑うのはどの国か、そんなこともわから
ないのか」
ジークリットが唇を噛むのを見て、海域封鎖は本国からの指令なのだと悟った。ここで
ジークリットと言い争っても仕方がない。
「ロシアに漁夫の利を得させるわけにはいかないな」
穣は頭の後ろで手を組み、天井を見上げた。

「漁夫の利？」ジークリットが不思議そうな表情を浮かべる。

「つついてきた鳥のくちばしを貝が挟んで、鳥も貝も動けなくなったところに漁師がやって来て、鳥も貝も捕まえたという、中国の古い話です。つまり、二人が争っているのに乗っかって違う人間が利益を得るということ」

反射的なものだろう、綾美が丁寧に説明する。

「要は明日中に瀬取りの現場を押さえてしまえばいい。そうだろ」

穣は二人に笑顔を向けた。綾美はいささか緊張した面持ちでうなずき、ジークリットは逆に緊張をといて微笑んだ。

「武田班長、ちょっといいですか」

ジークリットが穣をシチュエーション・ルームの外に誘う。すると綾美が慌てて立ちあがった。

「私、もう帰りますので。ここでどうぞ遠慮なく。班長、お先に失礼します」

「お疲れさま。あ、ちょっと待って」

綾美が穣の前で立ち止まる。何を思ったのか、ジークリットが無言で部屋を出ていく。

「明日だけど、どんな動きになるかわからない。六時にここに来てもらえるかな、タクシー使っていいから」

「はい、わかりました」

穣と目を合わせるのを避けるように綾美は部屋を出ていった。

「どうしたんだ、彼女？」

ジークリットが部屋に戻ってきた。いささか呆然《ぼうぜん》と綾美を見送った穣を、ジークリットは憐《あわれ》みと軽蔑《けいべつ》の混じった目で見て、「ま、いいか」と英語で呟き、「ともかく私たちも部屋の外へ」と穣を促す。

初対面のときに話した廊下の角で、ジークリットはまたアタッシュケースを開いた。モスキート音が穣を襲う。

「これには慣れない」

ぼやく穣に、ジークリットはアタッシュケースから取りだしたハンディフォンを渡す。持ち手にプッシュダイヤルが付いていて、バンジーコードでアタッシュケースと繋がっている。

「盗聴防止措置がとられた衛星電話。この番号に電話して」

ジークリットから渡された紙片を受けとり、穣は束の間《つかま》、逡巡《しゅんじゅん》した。ジークリットが、早く、と顎《あご》をしゃくる。穣は紙片にかかれた番号を押した。

〈穣、ボロージンが出てきたそうね〉

何の前置きもなく、聞き慣れた声が受話口から流れる。ベロニカだった。

「母さん？　どうして」間の抜けた声が出た。

〈今、国防総省の作戦会議室にいる〉

「国防総省に？　ラングレーではなく？」

〈連日、大統領補佐官のもと諜報コミュニティが集まって、ここで情勢評価会議が開かれている。私もＣＩＡチームの一員として派遣されてるの〉

「情勢評価？　ひょっとして僕たちの動きを監視していた？」

〈そう。今のところ、初日からあなたがたは最短距離を行っていると評価している〉

穣は軽い眩暈《めまい》に襲われた。合衆国本国に行動が筒抜けだったとは。

「でもチェン中尉がチームに加わったのは、今日からだ」

〈情報源はジークだけではないわ。『オペレータ』が誰から供与されたか考えなさい〉

なるほど、そういうカラクリかと穣は嘆息した。国防総省は、オペレータの活動を逐一監視しているのだ。

オペレータはもともとＵＫＵＳＡが開発し、合衆国から供与されたものだ。あらかじめバックドアが仕込まれていたに違いない。オペレータは、シチュエーション・ルームの会話を常時モニタリングしている。

「参ったね」

〈ボロージンが首謀者というあなたがたの見立ては、おそらく正しい。彼は陽動作戦を得意とする。気をつけなさい、一見もっともらしい答えは、おそらく誘導されたもの。本当

の答えは別のところにある〉

電話が切れ、穣はジークリットにハンディフォンを返した。

「さっき部屋から出ていったのは、母に連絡をとるためだったのか」

「ええ。極東の予言者は、在日米軍司令部にとっても貴重な存在よ。国防総省もたびたび助言を得ているわ」

穣は、ベロニカがジークリットをファーストネームで呼んでいたことを思い出した。

「きみは、母と個人的な繋がりが？」

ジークリットは艶然《えんぜん》と笑って答えない。それが穣を不安な気持ちにさせた。

4

西条が府中署の刑事組対課に戻ると、係の島で亜紀だけがパソコンに向かっていた。

「よお、残業か」

亜紀が顔を上げ、血走った目で西条を睨む。

「一人いなくなったせいで、大迷惑です。これ、捜索令状の請求、西条さんが担当するはずだったやつ、裁判官が書き直せって。研修所を出たばかりの若造の裁判官。書き直し二度目ですよ。女だからって、舐《な》められてるんです」

「捜索令状？」

西条は笑みを浮かべたが、疲れていたせいで口角を上げただけの、冷笑にも見える笑みになってしまった。

「西条部長も馬鹿にするんですか！」

亜紀が立ちあがり、他の島に座っている当直員が注目する。

西条も亜紀の反応に驚いたが、その目に涙が浮かんでいるのを見て、「すまん」と小さく謝った。

「だが違うんだ、亜紀ちゃんを笑ったわけじゃない。自分の置かれた立場が可笑《おか》しくなっただけさ」

亜紀はそれでも西条を睨んでいたが、やがて腰を下ろした。好奇心に満ちた当直員の視線も二人から剝《は》がれる。

「なあ亜紀ちゃんよ」

西条は、体の陰に隠してホルスターから拳銃を抜いた。

「こいつを見てくれないか」

「ちょっ……なにこんなところで抜いてるんですか」

西条は構わずシリンダーラッチを押して薬莢《やっきょう》を取りだし、その一つを亜紀に渡した。

「空になってる……」

「今日、五発全部うった。人に向けてな。殺すつもりだった」

亜紀は熱いものに触ったかのように薬莢を落とし、両手で口を覆う。薬莢が二人を隔てる書類の上に転がった。

西条は薬莢を拾った。

「信じられないだろ。だがな、信じられないのはここからだ。明日、俺には新しい弾が支給され、発砲はなかったことになる」

「ウソ……」両手の隙間《すきま》から言葉が零《こぼ》れる。

「冗談みたいだろ。しかし、俺が派遣されている世界では当たり前なんだそうだ」

西条は空の薬莢をすべて上着のポケットに落とした。

「法律や規則は、権力に嵌《は》められたタガだ。捜索令状の書き直し？　裁判官が命じるなら応じてやれ。タガが外れるより、よっぽどマシだ」

「いつ……」亜紀が口から手を離した。「いつ、戻って来られるんですか、ここに」

西条は別のポケットからジッポーを取りだし、カチンと蓋を鳴らした。

「さあ。戻って来られるかもわからん」

「早く戻ってきてください。でないと、仕事が回りません」

亜紀が、無理に作ったような笑顔を西条に向けた。

5

「さて、どうするつもり。今日はこれで終わり?」

シチュエーション・ルームに戻り、ジークリットが穣に英語で訊く。

「一杯飲みに行くかい」

「あなたと飲みに行くと、藤堂に恨まれそうだから遠慮するわ。ほかの場所なら付き合ってもいいけど」

「ほかの場所?」

「とぼけないで。さりげなくヒロ・モービルの監視を外したわよね。今日の家宅捜索でも対象にしなかった。そして、事務室に土浦が取り付けた盗聴器はまだ生きている」

「だから?」

「ブービートラップ。あなたは誰かが来るのを待っている」

「お見事。よくわかったな」

「勝算はあるの」

「まさか、賭けみたいなものだ。でも俺は、あそこがドロップ・ポイントだったと思ってる。引渡側と受取側は、あの会社を中継地にして連絡を取り合っていた」

「電話やメールで？」

「そんなことをすればＵＫＵＳＡの餌食《えじき》だろ。こいつらはそんな真似《まね》はしない。おそらく電子的手段を使わず、古典的な方法、例えば手紙や使者をたてて交渉していたんだと思う。今回の取引について、ＮＳＡが情報を掴むことができず、ヒューミントでしか情報が入らなかったのが何よりの証拠」

「そのドロップ・ポイントの一つが、ヒロ・モービル？」

「ああ。だからアレクセイエフが従業員として入りこんでいたんだ。そして航海図が送られてきて、市場は航海図の撮影という幸運に恵まれた。彼にとっては不運だったというべきだが」

「でも、もうヒロ・モービルは役割を終えたんでしょう。誰も近寄らないのではなくて」

「そうかもしれない。でも違うかも。そして近寄るとしたら今夜だ」

今日の昼まで監視が付いていた。明日には瀬取りが行われる。タイミングとしては今夜しかない。

「それならぐずぐずしていないで出かけましょう。いいものを貸してあげる」

ジークリットの運転するミニバンをヒロ・モービルから百メートルほど離れた路地に停め、穣とジークリットは事務室の盗聴を続けた。

助手席の穣は、ねずみ色のスラックスに白のワイシャツというシチュエーション・ルームにいたときの格好に、ジークリットから借りた防弾ベストを着けていた。ジークリットは車内で着替え、黒のストレッチパンツに灰色の長袖Tシャツ、その上に穣と同じカーキの防弾ベストを着けている。

二人とも椅子を倒し、天井を見上げていた。受信機からは雑音が流れるだけだ。

「ねえ」ジークリットが英語で口を開く。

「NOCを七年もやってるって、どんな感じ?」

「どうした」

「雑談よ。私もマカオでNOCをやったことがある。一年足らずだったけど、緊張で頭がおかしくなりそうで、戦場のほうがまだマシと思った」

「実戦経験があるのか」

いってから馬鹿な質問だと気づいた。デルタフォースからDIAに引き抜かれたのなら、作戦任務で功績をあげたに決まっている。

「ええ。戦場は殺意も恐怖もわかりやすいし、殺さなければ殺される、という単純な世界。マカオでは、誰かに見られている気がするのに誰もいなかったり、中国国家安全部に攫われるかもと考えたりして、妄想でおかしくなりそうだった」

「チェン中尉は、任務以外でマカオに住んだことは」

「ジークリットでいいわよ、二人きりのときは。私は生まれも育ちもアメリカ。父が珠海《チューハイ》市にいたらしいけど」珠海はマカオに隣接する中国の都市だ。

「俺は日本で育ったから、NOCとして暮らしていても異邦人としての恐怖はない。でも、だんだんと自分が何者かわからなくなっていく感覚はある。たとえば、朝寝坊したとするだろ。仕事にいかなければ、と跳ね起きるけど、そのときの仕事とは、警察庁警察官としてのそれで、カンパニーのことなんて考えてない。そんな生活を三百六十五日、七年間繰り返してきた。どうなると思う」

「警察庁警察官が本当の自分で、CIAが偽装身分に思えてくる……」

「まだそこまで行っちゃいない。でも、いずれそうなるかもしれないという予感がある。俺に恐怖があるとすれば、それだな」

「公安に捕まる恐怖は」

「逮捕されても死刑にはならない。せいぜい何年か刑務所に入って終わりだ。そして、それだけのことをこの国にしてきたという自覚もある。自業自得というやつだ」

穣は、首だけを捻りジークリットを見る。

「母に頼まれたのか。俺の精神状態を見てこいって」

ジークリットも首を捻って穣の顔を見た。

「まさか。私の個人的興味よ」

受信機が、カチリ、という明確な物音を捉《とら》えた。誰かが事務室に侵入している。

「続きは後で」

穣がいうと、ジークリットは後部座席に手を伸ばして黒く分厚いスーツケースを引き寄せ、蓋を開けた。

「行きましょう」


穣は、手袋をはめて建物裏口のドアを解錠した。鍵《かぎ》は専務の持ち物から回収したものだ。白いワイシャツが目立つので、紺色のジャケットを防弾ベストの上から着ている。腰には、ジークリットがスーツケースから取りだして貸してくれた「いいもの」、減音装置付きのオートマチック銃FNX－45が差しこんである。

ナイトビジョンゴーグルを下ろし、中を覗きこむ。突きだしたレンズの基部に設けられたモニターに、緑を基調とした画像が浮かび上がった。

侵入したところは給湯室で、事務室との間には室内ドアがある。穣はドアに手をかけ、動きを止める。いくら高性能の暗視装置でも、ドアを透視することはできない。

耳を澄ましてドア向こうの気配を窺《うかが》い、そっとノブを捻った。わずかに出来たドアの隙間にナイトビジョンのレンズを差しこむ。

光量が変わってモニターに白いちらつきが走るが、眩《まぶ》しいほどではない。穣は姿勢を保ったまま事務室内を観察し、先の侵入者がいないことを確かめ、さらに机や椅子の配置を頭に叩きこんだうえで室内に足を踏み入れた。

足元のスニーカーはディスカウントショップで買った大量生産品で、できるだけ靴底の柔らかいものを選んである。足音を立てずに事務室を抜け、玄関ドアに近づく。侵入者は二階に行ったらしい。

ジークリットに合図を送るために振り返ろうとした。ハンマーで殴られたような衝撃が二回、肩甲骨の間で弾《はじ》けた。

息が詰まり、衝撃に押された体が玄関ドアにぶつかる。ドアに跳ね返され、背中から倒れて後頭部を床で打つ。目の前に星が浮かんだとき、穣はようやく撃たれたのだと気づいた。ナイトビジョンはどこかに飛んでいる。

三半規管に神経を集中させて目眩《めまい》をねじ伏せ、仰《あお》向《む》けの姿勢で目だけを動かして襲撃者を探す。カツンカツンという軽い音がしたので目を向けると、階段の前に、黒ずくめの姿があった。こちらに背を向け、両腕を給湯室に向けて突き出している。ジークリットを撃ったのだとわかった。

穣は腰と床に挟まれた銃を引き抜くや、体を起こす間も惜しく、仰向けのまま襲撃者の背中めがけて引き金を絞る。反動を腕の重みで押さえこみ、襲撃者の銃声よりもやや大きな乾いた音が響く。

襲撃者は背中を押されたようにつんのめったが、右足を出して踏んばる。〇・四五インチ弾の直撃を受けて倒れないとは、恐るべき頑健さだ。それでも穣がたてつづけに引き金を絞り、銃弾を背に浴びせ続けると、さすがに身を折るように床に倒れた。懐《ふところ》に隠していたらしいケミカルライトが零れ出て、襲撃者の右手のあたりがぼんやりと青白い光に包まれる。

穣は、止めていた息を吐きだした。体を反転させ、床に肘をついて体を起こそうとした。銃口と目が合う。襲撃者が倒れたまま、銃をこちらに向けていた。

撃たれる——思ったか否か、それさえもわからず穣は前方に、襲撃者に向けて跳躍した。内太もものあたりに焼けつくような痛みが走る。構わずに受け身をとって襲撃者の横に転がった。すかさず立ちあがったものの、一足早く体を起こした襲撃者が、穣の顔の前で銃を構えていた。ふたたび銃口と目が合う。死んだ——。

「——ビッチ」

小さな声とともに、銃声があたりに響く。襲撃者がもんどりをうって横倒しになる。

声のほうを見ると、ジークリットが銃を握って立っていた。

「二つも銃弾をくれやがった！」倒れた襲撃者の腹に、ジークリットが二発目を叩きこむ。

「これであいこよ！」

「防弾ベストだ、低速弾では貫通できない！」

穣が叫ぶと同時に襲撃者が横に転がり、階段の壁に隠れる。

追おうとして銃を落としていることに気づき、穣はやむなく机の下に潜る。ジークリットも身を隠した。膠着《こうちゃく》状態が続くかと思ったが、数秒と経たず建物の外でドンと鈍い音がした。

「逃げられるわ！」

ジークリットが裏口に走る。

穣は床に落ちている自分のＦＮＸを掴み、二階へと駆け上がった。

手前のドアが開いていたので飛びこんで床に転がり、四方に銃を向ける。襲撃者が潜んでいないことを確認してから立ちあがり、開いている窓に近づく。襲撃者はそこから飛び降りたらしいが、すでにその影はどこにもなかった。

ジークリットが建物の角から姿を現し、窓際に立つ穣を見つけた。

穣が「深追いするな、何人いるかわからない」というと、悔しそうに壁を叩いた。

「何なの、あいつ。防弾ベストを着ていたとはいえ十発以上食らったのに、二階から飛び降りて逃げるなんて」

事務室に戻ったジークリットは電灯を点け、乱暴に銃をホルスターに戻した。声には苦痛が混じり、美しい顔が歪《ゆが》んでいる。

「助かった」

死を間近に見た恐怖が今さらのように穣を襲い、少し声が震えた。

「撃たれているわよ。大事なところが破けてる」

穣は自分のズボンを見下ろした。鼠径部《そけいぶ》のやや下あたりが引きちぎられたように裂けていて出血している。

「掠《かす》っただけだ。太ももの内側を少し持っていかれた」

ジークリットはベストの胸ポケットからファーストエイド・キットを取りだし、大判の絆創膏《ばんそうこう》を穣に差しだした。

「ズボンを脱いで傷口に貼《は》っておきなさい」

穣に命じ、床に落ちていた襲撃者のケミカルライトを拾い上げる。

穣は床に座りこんでズボンを脱ぎ、傷口に絆創膏を張りつけた。手はまだ震えている。

「最初にどこを撃たれた？」

「背中、肩甲骨の真ん中だ」

ジークリットが穣の脱いだ紺のジャケットを見て、合点がいったという表情を浮かべる。

「このジャケットに救われたわね。防弾ベストを着ていると わかっていたら、最初から頭を撃たれていた」

ジャケットを穣に放る。

「防弾ベストを着てるとは思わず背中を撃ち、仲間の私も防弾ベストを着ていないと思って腹を撃った。そのジャケット、大切にしなさい」

穣はジャケットに袖を通した。深呼吸を繰り返してようやく頭が冷えていく。二人は、襲撃者が飛び降りた部屋に移動した。

「ここは専務の部屋だ」

「なぜわかるの？」

「市場は、二階に上がってすぐに専務室の会話を盗み聞きした。それに机と背景が市場が撮った写真と同じだ」

その自分の言葉で、穣は忘れかけていた疑問を一つ思い出した。

なぜ奴らは、市場が海図の写真を撮ったことに気づいたのか。穣は部屋の中を見渡した。

安物の応接セットの向こうに両袖机《りょうそで》が置いてあり、その後ろに書棚がある。

棚の一つに、桜皮細工の筆立てがあり、何本かのペンが差さっていた。穣は引き寄せられるように書棚に近づき、ペンを一本ずつ調べる。ペン型の隠しカメラがあるのではと考えたのだが、考えすぎのようだった。

書棚から一歩離れて、全体を眺める。中古車の相場価格を調べるためのレッドブック、イエローブックと呼ばれる本がほとんどを占めているなかで、個人の蔵書なのか、芥川龍之介全集が二十四巻揃っていた。穣の目はその全集の背表紙をなぞったが、違和感に目を戻す。第二十一巻と第二十二巻の並びが逆になっている。

穣が第二十二巻を抜くと、本の重さはなく、黒い函体《かんたい》が出てきた。

「発信機？　この背表紙の角、小さいレンズが付いてるわ」

ジークリットの言葉に、穣は部屋を飛び出し階段を駆け下りた。

灯りのついた事務室を見渡す。一つの机に視線が止まった。

「どうした？」ジークリットが尋ねる。

「あの机だけ、椅子が引かれている」

二人が近づいた灰色の事務机の上には、大きく分厚い露日辞典が立てられていた。

「アレクセイエフの机ね」

穣は引かれた椅子を見つめ、それから机の下を覗きこんだが何もない。二人は机の引き出しを調べたが、すべて空で、やはり何もなかった。二人の視線が事務机に不相応な大きさの辞書に向く。二人は同時に辞書に手を伸ばして倒した。小口が開くことはなく、表紙が蓋の箱だった。中にこれも黒い函体が入っている。穣がその函体を取り上げ、裏を返すとマイクロSDカードが差しこまれていた。

「隠しカメラの映像をこいつで受信し、記録していた」

「あいつはこれを回収に来たのね」

「仲丸さんに連絡して、すぐに解析してもらおう」

穣は、こんなことならすぐに家宅捜索に入っておけばよかったと後悔した。すぐに発見できたはずだ。

穣が手の平に載せたマイクロSDカードを、ジークリットが取りあげる。

「司令部の技術者に解析させて、データを渡すわ」

穣は首を傾げた。

「仲丸に、どうやってこのカードを回収したというつもり？　ここなら横田も近い」

穣は口を開こうとしたが、ジークリットに「今のあなたは、警察庁警察官ではなくCIAの穣・タケダ・ノートンでしょう」と機先を制され、口を噤《つぐ》む。

「心配しなくていい、今夜中に解析は終わる」

おとなしくうなずいた穣を見て、ジークリットは聞き分けのよい子供を褒めるような笑みを浮かべた。それが一転し、淫靡《いんび》なものに変わる。

「私、来日してからずっと基地外のホテルに泊まってるんだけど、解析が終わるまで部屋に来ない？」舌先で上唇を舐める。「血が昂《たかぶ》ってる。あなたは？」

穣は、DIAの女スパイと寝床を共にすることの危険について考えた。しかし死の恐怖に晒《さら》されて興奮していたこともあり、やがて考えるのも馬鹿らしくなった。

第四章　カッコウ、騙される

1

解析したカードには、事務室や社長室、専務室、給湯室の映像が記録されていた。

「アレクセイエフの野郎は、会社のあちこちに隠しカメラを付けていた。市場はいい職場と言っていたが、一挙手一投足、監視されていたってわけだ。おい、どうやってSDカードを手に入れた」

首の裏に手を回して揉《も》みながら、西条がジークリットに訊《き》いた。

朝六時のシチュエーション・ルームには、土浦を除く全員が集合している。

「アメリカ軍の職員が入手した、ということでご了解ください」

ジークリットが笑ってごまかす。

「会社に忍びこんだな。不法侵入だ。令状をとって家宅捜索する手もあったんだぞ。おかげで、これらの映像は裁判の証拠としては使えない」

「班長、私どもは善意で情報を提供しているのに、西条さんはこう言ってます。私どもの情報は必要ないのでしょうか」

どこか甘えた調子でジークリットが穣に訴える。綾美が眉間《みけん》に皺《しわ》を寄せてジークリットを見る。

「西条さん、合衆国がどんな方法を使ったかはともかく、この映像は重要だ。ありがたく頂戴《ちょうだい》しよう。もし裁判で使う必要が生じたら、その時に対策を考えるということで。チェン中尉、続けて」

綾美が、今度は愁いを帯びたような目で穣を見る。穣は中央モニターを見つめ、気づかないふりをした。

昨夜のジークリットは激しく、解析結果の報告書が届いたあとも穣は帰ることを許されなかった。彼女の部屋を出たのは夜明け近くで、自宅に戻ってシャワーを浴び、服を着替えただけで一睡もしていない。

「盗撮カメラは光と音に反応するタイプで、映像は連続したものではありません。また、アレクセイエフが編集を行なっていたようで、消去され復旧のできない映像も多くあるという報告です。実際、アレクセイエフ自身が映っている映像はありませんでした。そして朗報をひとつ。専務室を映したもののなかに、海図が映っていました」

また中央モニターが切り替わり、机に広げられた海図を男が眺めている姿を、斜め上から俯瞰《ふかん》した映像が映しだされた。

「専務が海図を見ている、だな」西条が身を乗り出して目を凝らした。

スクリーンのなかで、専務は机に両肘《りょうひじ》をついて海図に顔を近づけたあと、両手で新聞を読むように海図を持ち上げた。そしてまるで紙を透視しようとするかのように顔を海図にくっつける。そして海図から目を遠ざけたり近づけたりしている。

「地図に空いた穴を見ている……」

西条が呟《つぶや》き、ジークリットは莞爾《かんじ》と笑った。

「そうです。市場さんの写真はピントが正確ではなかったため、穴は画像に捉《とら》えられていませんでした。しかしこの映像では、専務の視線で穴の位置がわかる。この映像をもとに、コンピュータが地図に開けられた穴の位置を特定しました」

北緯三一度五三分四四・一七秒、東経一四〇度一四分四四・六八秒付近——それが瀬取りの場所だった。

「青ヶ島《あおがしま》の南に位置するベヨネース列岩の東、およそ三〇キロの海上です」

「素晴らしい、これで取引場所が特定できた」

穣はわざとらしく称賛の拍手をジークリットに送り、ジークリットがおどけてお辞儀をする。西条はふんと鼻を鳴らし、綾美は紙を挟めそうなほど眉間の皺を深くした。

「時間は今夜から明日、場所もわかった。この地点は日本と東アジアを結ぶ貨物航路上にある。密輸なら交通量の少ない海上のほうが望ましいのに、なぜこの地点を選んだのか。

おそらく日本行きの貨物船のどれかにジャベリンが積まれているから。引渡側は貨物船からジャベリンを海に投下し、それを受取側が回収する」

「しかし、コンテナは出発する港で緻密《ちみつ》な計算の上で船積みされ、固定されます。荷崩れを起こせば船が転覆する危険もある。そんな危険を冒すでしょうか」

綾美の疑問に、ジークリットが微笑《ほほえ》む。

「海上でコンテナそのものを動かすことはできないのはその通りですね。では、コンテナに隠したガンケースを、船から海に投げ入れるのはどうでしょう」

アメリカ軍が使用しているプロテクトケースは、完全防水で耐衝撃性能を備えており、一箱の大きさは長さ一三〇センチ、幅と高さは五〇センチ。

「意外と小さいな。三十箱だとすると……四段に積んで、横に四列とすると、奥行きは三列で足りるか」

西条の言葉に、

「その場合は高さ二メートル、幅二メートル、奥行き三・九メートル。オペレータ、海上コンテナの国際規格サイズは？」

と綾美が続ける。

〈TEUという単位にも使われる、二〇フィートコンテナの国際規格は、内寸で高さ二三九〇ミリメートル、幅二三五〇ミリメートル、長さ五八九八ミリメートル〉

「一個のコンテナに充分収まるか」

西条が呟き、穣がいう。

「数珠つなぎにして最初の一個を放《ほう》り込めば、あとは勝手に海に落ちる。最後に自動膨張式のブイを付け、膨らむ水深を設定しておけば、スクリューに巻き込まれることもない」

「回収の船は？　クレーン船じゃないと難しいんじゃないか」

綾美がさらにキーボードを叩《たた》く。

「一箱の重さは三〇キロ程度。数珠つなぎになった箱を一個ずつ引き揚げるなら、延縄《はえなわ》漁船、いや、沿岸用の巻き網漁船でも用は足りるでしょう」

「瀬取りポイントにでっかい巡視船を置いて、取引を妨害するのが手っ取り早いような気がしてきた」

西条はジッポーを取りだした。

「それだと今回の瀬取りは阻止できるかもしれないけど、密輸自体は阻止できない。西条さんもわかってるでしょ」

「どういうことです」

綾美が目を大きく開いて穣と西条を交互に見る。ジークリットには視線を向けない。

「瀬取りの場合、あらかじめ落ち合う日時と海域を決めておいても、そこがダメだったからといって取引がご破算になることはない。物がクスリにしろチャカにしろ、ご破算にするには額が大きすぎるんだ。たいてい予備プランを決めておく」

「つまり巡視艇をこれ見よがしに置いても、取引自体を中止することはないと？」

西条はジッポーの蓋《ふた》をカチンと鳴らし、返事に代えた。

「僕たちに与えられた任務は、密輸阻止とジャベリンの回収。Bプランが用意されている可能性があって、そのBプランが皆目わからない以上、Aプラン、つまりこの瀬取りの現場を押さえたほうがいい。で、張り込みをしようと」

穣が西条を見ながらいい、西条がうんざりとした顔をする。

「昨日の話、マジだったのか。ほらあれだろ、今はコンテナ船も漁船も、ネットで位置がわかるようになってるだろ。それを見張っておけばいいじゃないか」

「船舶自動識別装置ですね」

綾美はなぜか申し訳なさそうだ。

「あれ、小型船舶には搭載が義務付けられていません。それに、船員が停波することもできるんです」

「残念でした」穣は意地悪くいう。「乗る船も決まったそうなので、羽田空港に行ってください」

「羽田だと？　船じゃないのか」

「船ですよ、もちろん」

2

「冗談だろ」

西条はずんぐりとしたヘリコプターの機体を眺めていた。

「飛行機で大島まで行くんじゃないのか」

「洋上で、はてるま型巡視船『たかしま』が待っています。ヘリで船尾に着艦します」

海上保安庁国際刑事課の植松《うえまつ》が答える。第三管区海上保安本部の羽田航空基地で待ち構えていた植松は、自己紹介もそこそこに、西条をヘリの待つエプロンへと連れ出した。離陸準備の整ったヘリは、スーパーピューマという型だと植松が説明する。獰猛《どうもう》な名前に、西条は怖気《おぞけ》だった。

「俺、高所恐怖症なんだよ」

「大丈夫、大切なお客様ですから丁寧に飛びます。ね、機長」

植松の横には、タクシー代わりに大切な救難ヘリを使われることへの不服からか、唇をへの字に曲げたパイロットが立っている。

「客ならいいが、貨物扱いじゃないだろうな」

西条が怯《おび》えたようにいうと、パイロットの表情が崩れる。

「貨物か客かの違いなんて、こいつにはわかりません。時速二七〇キロ以上で飛びますから、多少は揺れますよ」

「勘弁してくれ」


「見えました、『たかしま』です！」

離陸して一時間半になろうとするころ、ヘッドセットを通じて植松の声が聞こえた。西条は嘔吐袋《エチケット》を抱えながら、こわごわと風防の外を見た。水平線にあった船楼がみるみるうちに眼下に迫る。舷側《げんそく》に描かれた青の斜線とPLの文字を確認したところで、西条は袋に口を突っこんだ。

体が浮き上がり肛門《こうもん》のすぼまる感覚のなか、ヘリコプターが後部甲板へと降下する。甲板係員がドアを開けるのももどかしく、西条は機体から転がりでた。内容物をこぼさぬよう袋の口を握っているのが精一杯だ。

両脇《りょうわき》から手を添えられて立ち、半ば引きずられるようにして歩く。

「主任航海士の長谷川《はせがわ》です。とりあえず救護室で横になりましょう」

右脇を抱える保安官がいった。西条は首を振ったが、弱々しい動きだと気づき「船長に挨拶《あいさつ》したい」と声を出した。

「挨拶できるような状態じゃなさそうですよ。とにかく、救護室へ」

左脇を抱える植松がいったので、西条は両足に力をこめた。体が揺れる感覚がして、それがヘリの影響なのか、それとも実際に船が揺れているからなのかの区別もつかない。

「大丈夫、挨拶したら休むから。これで俺が休んでたら、ヘリを飛ばしてもらった甲斐《かい》がないってもんだ」

西条は両足を必死に動かし、自重を両脇を支える二人から取り戻した。

長谷川が呆《あき》れたように西条を見ると、その右手からエチケット袋を奪い、近くの係員に何かをいって押しつけた。

長谷川と植松に挟まれて西条は『たかしま』の狭い通路を歩いたが、辺りを観察する余裕はなく、幾つかの階段を登り、気がつけばモニターや通信機器が設置され、会議用テーブルのある広い部屋に着いていた。

「ここはブリッジの手前にある、救助計画などを立案する部屋です。船長を呼んできますので、座ってお待ちください」

西条は、壁から張り出したベンチに、崩れ落ちるように力なく座った。植松が立っていたので「座ったらどうだい」と勧めたが、「私はこのままで」と断られた。考えてみれば、船長は植松よりも階級がはるかに上のはずだ。

間を置かず、西条より年配の、日に焼けた角刈りの男性が部屋に入ってきた。

「船長の平井《ひらい》です。警視庁公安部の西条巡査部長ですね」

西条は所属先を訂正する気力もなく、立ちあがって「西条です。この度は、急にすみません」と挨拶する。

「まったく異例です。昨夜突然連絡してきて、瀬取りの現場を押さえろ、というのですから。警視庁は、瀬取りの可能性があるとわかった時点で、海上保安庁に連絡し、捜査班に刑事課の人間を加えるべきだった。そうは思いませんか」

船長は笑みを浮かべているが、それは怒りを押し殺しているからだと気づき、西条はさらに深く頭を下げた。

「まったく仰《おつしや》るとおり。言葉もありません、平にご容赦を」

「しかもヘリを出させておきながら、現場に来たのは巡査部長ひとり。警視庁は我々《われわれ》を下請けとでも思ってるんじゃないか」

西条は頭を下げ続け、心のなかで六秒数えようとし、五秒まで数えたところで、植松が、

「船長、その辺で……西条部長が本部への連絡を怠ったわけでもありませんし」

と救いの手を差しのべた。

「そうだな、ブリッジに戻ろう。西条さん、こちらの方針は長谷川に聞いてくれ」

船長の気配がなくなるまで西条は頭を下げ続けた。

「西条部長、もう結構ですよ」

植松の声で頭を上げ、ふうとため息をつく。

「ありがとうございました」長谷川が軽く頭を下げた。「決して西条さんを嫌ってのことじゃないんですよ。ヘリで酔ってるにもかかわらず、すぐに挨拶したいと言っていると報告したら、感心した顔をしてましたから」

「わかってます。船長として、俺に嫌味の一つでも言わないと示しがつかないでしょう」

「『たかしま』は今日、横浜に帰港する予定だったんです」

長谷川を見て植松がいう。

「犯罪を、それも海の上での犯罪を見過ごすわけにはいきません。そのことを恨んでる乗員なんて、一人もいませんよ」

長谷川の言葉に、西条はもう一度頭を下げる。長谷川は、西条を会議用テーブルに誘った。テーブルには『大島至鳥島』の航海図が広げてある。

「さて行動計画について説明します」

瀬取りが行われるのは、今夜から明日未明にかけて。青ヶ島と鳥島の間の海域はコンテナ船やタンカーの通行があり、漁船も行き来している。

「海上では、条件がよければ高さ一〇メートルの位置から見てだいたい一二キロぐらい先が水平線になります。目撃されるのを警戒し、明るいうちは回収に来ないでしょう」

一方で、漁船のレーダーは、三〇キロぐらいから巡視船を捉えるという。

「レーダーを避けるには、結構離れないといけないんだな」

「ええ。ですから、本船はレーダーで捕捉《ほそく》されるのを前提に行動します。そこで利用するのが、船舶自動識別装置です。通常、職務遂行中は停波するのですが、今回は業務識別信号と船名を除いて位置、針路、速力、目的地などのデータを発信しながら航行します。受信側には『Unspecified Ship』と表示されますが、これは珍しい表示ではありません」

「なるほど」

納得し、安心したとたんに吐き気が戻ってきて、西条は救護室への案内を頼んだ。

救護室で小休止をとり、西条は衛星電話を借りてシチュエーション・ルームにいる穣に状況を伝えた。

穣たちにも海上保安本部、警視庁というルートで情報は入っていた。

穣たちが何をしているのかと訊いたところ、西条らが瀬取りの現場を押さえることに失敗した場合の海域封鎖に備え、関係国及び関係機関への連絡を準備している最中だという。

その作業にどれだけの手間がかかるかを想像し、駆りだされずに済んでよかったと思った瞬間、『たかしま』が大きく揺れてまた吐き気を覚え、準備作業のほうがよかったと思い直した。

船酔いが酷《ひど》くなって植松に救護室に連れ戻され、薬をもらいベッドで横になる。太平洋の水平線に沈む夕陽《ゆうひ》を見たいと西条は思っていたが、ここ三日間の疲れが出たのか熟睡してしまい、作戦が始まったと植松が知らせに来るまで目を覚まさなかった。

植松とともに先ほどの会議室――ＯＩＣ区画というらしい――に上がるとすぐに長谷川が現れて、灯《あか》りの消された船橋に呼ばれた。そこで聞こえた第一声が、取引地点に不明船が近づいている、というものだった。

「船体外観は二十トン未満の小型漁船。ラインホーラーも見えます」

モニターを見つめる乗員が報告する。

「監視には、船楼上に設置してある赤外線監視カメラを使っています。小型の延縄漁船のようですね」

植松が西条の耳元でささやく。船橋内の緊張が高まるのを西条は感じた。

「取引地点を通過し、なおも航行しています」

船橋内の緊張が和らぎ、「違ったか……」と誰《だれ》ともなく声が漏れる。緊張の過ぎ去った後の、エアポケットのような空白の時間がしばらく流れた。

「いや、速度を落としています――舵《かじ》をきって旋回を始めました。取引地点から北北東におよそ二マイル。本船からおよそ四マイル！」

「対象物が漂流していたか」植松が呟く。

「西条くん」船長が小さな声で呼びかけた。「荷の武器は、すぐに使用できる状態なのか。携行用ミサイルと聞いているが」

西条は慎重に答える。

「プロテクトケースは米軍が輸送に使用しているもので、それなりのセキュリティが施されているはず。漁船の船員がその場で開け閉めできるようなものじゃないでしょう」

「もし船員が開け閉めできれば？」

ごまかしは許さないという、厳しい口調だ。

「そりゃ」西条は少し躊躇《ちゅうちょ》した。「耐衝撃、完全防水のケースですから、中の保管状態はよいでしょう」

船長が西条を見つめ、西条はポケットのなかでジッポーに触れた。

「該船、ラインホーラーを動かし始めました」

係官が声を上げる。船長も歩み寄ってモニターを覗《のぞ》きこんだ。西条も近寄る。赤外線捜索監視カメラのモニターは不審船の細部まで認識でき、海中からロープが引き上げられ、箱形の物体が船上に揚収される様子が確認できた。

「確保する！」顔を上げ、船長が命じる。「射撃管制、三十ミリ機銃用意！　両舷《りょうげん》全速前進、ぶつけるつもりで行け！　相手がこちらに気づき次第、警笛をならし投光器を照射、荷を開ける時間を与えるな！」

植松が西条の肩を摑《つか》んで近くの椅子《いす》に引き寄せた。

「シートベルトを！　滑走するんで揺れます！」

言い終わらないうちに縦揺れが西条を襲い、椅子から投げ出されそうになる。慌ててベルトを締め終わると、今度は体を後ろに引かれるようなGがかかった。そんな揺れの中でも、海上保安官たちは何かしらに掴まって体勢を保っている。こみあげてくる胃液を西条は呑《の》みこんだ。

「照射しました！」

「番号、船名、目視確認！　番号ＳＯ２の９９７１０、船名『第八伊高丸《いこうまる》』！」

次々と上がる係官の声を背に、船長が送話器を口に当てた。

「こちらは海上保安庁です。第八伊高丸は直ちに操業を止《や》め、動力を切り、乗船員はその場で待機してください。こちらは海上保安庁、操業を止め、船員は動くな！」

遠く投光器によって作られた光の輪の中で、第八伊高丸が揺れている。すでにラインホーラーは止まっていた。

「これから海上保安官が移乗します。アンカーを落として待機してください」

船長は送話器を置くと、植松に「複合艇《てい》で警備部員を連れて移乗しろ。武装しているかもしれん、気を付けてな」と命じる。

「植松さん、私も」

西条はいったが、船長に「海は私たちの管轄だ」と一喝され、覚悟を決めた顔の植松にも「任せてください」といわれて引き下がらざるをえなかった。

潮がうねり白波も見えているが、『たかしま』の舷側から下ろされた複合艇は波をものともせず第八伊高丸に並んで接舷《せつげん》した。

船橋の緊張感が、咳払《せきばら》い一つでバランスを失いそうな、より張り詰めたものに変わる。

船に乗りこむ瞬間が危険であることは西条にも理解できた。乗員の抵抗があるかもしれない。突然相手の船が発進するかもしれない。あるいはただ、波で船が動き海に落ちるかもしれない。固唾《かたず》を飲んで西条は二つの船を見守った。

複合艇から一人、二人と伊高丸に移乗し、その数は五人を超える。やがて、

〈船長を確保。高田良太《たかだりようた》、六十二歳、伊豆第三漁協所属。船の係留港は伊豆南三。乗員は他に一名、共に抵抗の気配はありません〉

無線からの植松の声に、船橋の空気がようやく緩む。

〈第八伊高丸を本船に横抱き接舷させます〉

「知らないよ、俺はただ、ここで引き揚げを頼まれただけだ」

植松が取調べを行い、西条は補助者として同席を許された。取調べといっても、高田はまだ海中に吊《つ》るされていたものを引き揚げただけで、いかなる罪に当たるかは明らかではない。だから任意の事情聴取というのが本当のところで、高田もそれを知っており、ふてぶてしい態度を貫いていた。

「何を引き揚げていたんですか」

「知らんよ、そんなこと」

「それじゃ通らないよ、高田さん。禁制品の密輸に瀬取りが使われるってことは、漁協からも注意喚起されてるでしょう」

「瀬取り？　何だそれ、知らんな」

現場を押さえられたにもかかわらず、高田はあくまで知らぬ存ぜぬで押し通すつもりらしい。しかし、たばこのヤニで黄色い歯が白く浮いて見えるほどに日焼けした高田の顔には、大粒の汗が浮いている。違法薬物の瀬取りの共犯者となれば、懲役八年は固い。場合によっては十年以上の刑もありうる。そういったことも知っているのだろう。

「じゃあ、頼んだのはどんな人間ですか。何といって頼まれたんですか」

「知らん男だよ。この座標に行って箱を引き揚げれば、金をくれるって」

「幾ら？」

「ガソリン代別で二百万。違法なものじゃないって言うんで引き受けた」

「高田さんねえ、そんな話を私らが信じると思ってるの？　裁判官も信じないよ。どこの誰が高い金を払って漁船を雇い、禁制品じゃないものを海から引き揚げる」

「本当のことなんだからしょうがねえだろ。それとも何かい、金をもらって海から箱を揚げちゃいけないって法律でもあるのかい、え」

話が堂々巡りになってきたな、と西条が思ったところで、乗組員がドアの隙間《すきま》から植松を呼んだ。西条も植松に続いて外に出る。

乗組員は、二人が部屋から三メートルほど離れたところで、忌々《いまいま》しげに、

「箱の中身は、砂糖です」

と植松に報告する。

植松は小さく息を吸いこんだ。さっと顔が蒼褪《あおざ》める。

「砂糖だと」西条を見る。「武器じゃないのか」

「箱の一つを開披しました」乗組員が西条を気にしながら続けた。「箱がビニールテープでぐるぐるに巻かれた半透明のプラケースだったんで、聞いていた目的物の形状とは余りに違うと、船長が開披を命じたんです。そしたら目の粗い茶色の粉が見えて、誰かが、これ粗糖じゃないかって」

西条は船酔いとは異なる吐き気を覚えた。ジークリットから聞いた、耐衝撃、完全防水のプロテクトケースはどこに行った。

「主計長を呼んできて見てもらったら、笑いながら、これは粗糖だ、とペロリ」

「わかった、もういい」植松は手を挙げて報告を遮った。「すぐに船橋に上がるから」

乗組員が立ち去ると、植松は力なく壁に背をつけ、「畜生」と呟いた。

「砂糖？　どういうことなんだ」と訊く西条を、非難の目で見る。

「国内で販売される砂糖は、法律で、国が卸値を決めています。業者が格安の砂糖を輸入

しても、特殊法人との売買が義務付けられていて、ほとんど利益が出ない仕組みになってるんです。そこに目を付けて、安い砂糖を密《ひそ》かに持ち込んで国内で売ろうとする輩《やから》がいる。だが砂糖自体は禁制品ではない。輸入自体は罪ではなく、申告の有無だけが問題というわけです」

西条は植松の怒りをひしひしと感じていた。

「適法品の無申告輸入の取締りとなると、これはもう税関の役目で、我々の出番ではなくなってくる。実際、今日見つかった砂糖だって、もともと国内にあったものじゃないとは言い切れない」

植松が右手で拳《こぶし》を作り、自分の額を叩く。

「いや、そんなことより、武器のはずが砂糖だった。どうすんだこれ、ＰＬ型巡視船やヘリまで駆りだしたんだぞ」

植松が壁から背を離し、西条に向き直った。目が据わっている。

「責任を取れとは言いませんが、一緒に詫《わ》びてください」

3

〈どうすんだこれ、ＰＬ型巡視船やヘリまで駆りだしてるんだぞ〉

西条の怒鳴り声が、シチュエーション・ルームに響き渡る。

〈それで見つかったのが砂糖だぞ、砂糖〉

「西条さん、今、どこにいるの」

〈ブリッジに決まってるだろうが。船長に頭を下げて、衛星電話を借りてるんだ〉

「一般回線なら詳細は控えて。でも海上保安庁の皆様には、くれぐれもお詫びを」

〈当たり前だ、そんなの。俺は船長に合わせる顔がないよ。隣にいるんだが〉

「西条さんの頭で構いませんから、船長が納得するまで下げておいて。第三管区本部には、参事官から改めて説明してもらうから」

〈班長は頭を下げないのかい〉

「そんなことない、今、ずっと頭を下げてる。くれぐれも船長にお詫びを。あとできるだけ早く帰ってきて、『たかしま』のジェット推進なら明朝にはこちらに着くはず」

〈班長、お前さんは人でなしだよ〉

通信が切れ、「興奮してましたね、西条部長」と綾美がため息混じりに感想を漏らす。

「喚《わめ》くしか身の置き所がないのかも」穣は頭を掻《か》いた。「八丈島《はちじょうじま》のはるか先までヘリで飛んで、大型巡視船を使っておきながら、回収したのが砂糖なんだから」

椅子をずらし、穣は両踵《りょうかかと》をテーブルに乗せた。

「僕だって参ってる」穣は自嘲《じちょう》気味に笑う。

「でもまさか砂糖の密輸とは」綾美がもう一度ため息をつく。

ＤＩＡのもたらした海図の映像が、今のこの状態を引き起こしていると理解しているはずだが、ジークリットは澄まして二人のやりとりを見ている。

綾美の視線に憐《あわれ》みが混じっているような気がして、穣の気分は落ちこんだ。ここまでの手酷い失敗は初めてだ。合衆国の情勢評価会議は、今ごろどのような議論を行なっているだろう。日本と合衆国東海岸の時差は十三時間。朝のこの時間、この失敗は議題の一番上に載っているはずだ。ジークリットの持っている衛星電話が今にでも鳴るのではないかと、穣は気が気ではなかった。

衛星電話。母の助言。

何かが穣の頭をなかをノックする。

ボロージンは陽動作戦が得意。

「海図だ」

穣は左の人差し指でこめかみを何回か軽く叩いた。

「もともと市場さんが、海図の写真を撮ったというところからおかしかったんだ。いくらＧＲＵが雑でも、素人に取引場所を知られるようなへまをするかな」

「でも、市場さんは殺されてしまいましたよ」

穣はこめかみを叩き続ける。

「海図の写真を撮ったせいで殺されたんじゃないとしたら」

穣はこめかみを叩くのをやめて目を閉じた。

市場が写真を撮る。それをGRUが想定していたとしたら。日本の公安が海図に辿《たど》りつくことを、ボロージンが想定していたとしたら。

『一見もっともらしい答えは、おそらく誘導されたもの』

母の声が甦《よみがえ》る。

――想定どころか、誘導していた？

あの襲撃者は会社で何をしていたのか。アレクセイエフは従業員だった。従業員ならば毎日ＳＤカードを抜き取って帰ることはできたはずだ。

穣は目を開けた。

「そうか……あいつはＳＤカードを抜き取ろうとしたんじゃない。仕込んだんだ」

ジークリットの視線が穣に向けられる。

「空のＳＤスリットに、自分たちが見せたい映像の入ったＳＤカードを挿入していった。なのに僕は、あいつがＳＤカードを抜き取ろうとしていたと考えた。まんまと利用されたんだ」

「なぜそんなことを」

自分たちが利用されたかもしれないと聞かされ、ジークリットの顔は険しい。

「ブービートラップだ。日本や合衆国の諜報機関《ちょうほう》が動きだすことを見越し、あらかじめ餌《えさ》を撒《ま》いて、僕たちの目をあの海域に向けさせた。だとすれば、瀬取りと同じタイミング、つまり今夜、ジャベリンは国内に入ったに違いない」

「そんな……」綾美が悲痛な声を出す。

嵌《は》められた、という敗北感と同時に、穣はあることが気にかかった。瀬取りのトラップは、ただ単に目を逸《そ》らせるためのものにしては仕掛けが大掛かりすぎやしないか。

本土から離れた海上。砂糖。

「まさか」

「どうしました」大きな瞳《ひとみ》に不安を漂わせ、綾美が訊く。

「砂糖が爆発する……」

4

轟音《ごうおん》が響き、船が揺れる。

西条はベッドで身を起こした。

船長に頭を下げ続け、ようやく居住区にあてがわれた部屋で横になったところだ。二段ベッドが置かれた二人部屋を、一人で使わせてもらっていた。

船体を揺るがす爆発音が、さらに二回、三回と続いた。

——砲撃を受けてる？

西条は部屋を出て、行きがかりの乗組員を摑まえ、どうしたんだと尋ねた。しかし「わかりません！」と叩きつけるような返事が返ってきただけだった。

〈後部甲板にて火災発生。繰り返す、後部甲板にて火災発生〉船内放送が流れ、乗組員が走り去っていく。

西条は火災現場に走ろうとしたが、道順がわからない。やむなく船橋へと向かう。船橋の手前にあるＯＩＣで、船長と何人かの乗組員が額を突き合わせていた。植松もいる。

「何があったんです」

皆が一斉に西条を見る。少なからぬ視線に憎悪が含まれていて、西条は鼻白んだ。

「粗糖が爆発した」船長がいう。

「何ですって？」

「第八伊高丸から回収した粗糖を、船尾甲板の下に置いていたら、それが爆発したようだ。甲板の一部と潜水士待機室が吹き飛んだが、今のところ怪我人《けがにん》はいない」

西条は視線の理由がわかった。武器の瀬取りと聞いて出動してみれば箱には砂糖が入っていて、しかもそれが爆発したのだ。さだめし西条が疫病神に見えているに違いない。砂糖の保管を巡っては、高田との間でひと悶着《もんちゃく》あった。

海中から引き揚げられた砂糖の総量は一トン近く。禁制品でない以上、押収することはできず、植松は、砂糖をいったん第八伊高丸に戻そうとした。砂糖は、陸上に戻ってから鑑定にかけられ、産地が判別される。国内産であればもとより無申告輸入にならないし、国外産であれば無申告輸入の疑いで税関が調査にあたることになる。どちらにしろ海上保安部の手を離れるのは明らかで、『たかしま』に置いておく必要はない。

ところが、これに高田が反対したのだ。

「へへ、一トンともなると、船が重くなり、その分、燃費が悪くなる。海保のほうで保管してくださいよ。本土の近くまで来たら引き取りますから」

植松は無理にでも砂糖を第八伊高丸に積みこもうとしたが、高田と伊高丸の乗組員が協力しようとはせず、結局、今夜は『たかしま』に保管しておき、朝になったら税関と取り扱いを協議することになった。

「もし荷を第八伊高丸に積んだままだったら、一たまりもなかったはずだ」

船長の言葉を聞いた途端、西条の頭に閃《ひらめ》くものがあった。

「高田はどこにいます」

「自船に戻っている」

「植松さん、伊高丸までの案内をお願いします」

西条は植松を引っ張って走りだした。

「どうしたんです」

植松は西条を抜いて先に立ち、狭い通路を走りながら訊く。

「この爆発は、高田を狙《ねら》ったものだ」

荒い息を吐き、身をよじって行き交う人々をかわしながら西条は答える。潮風で鼻をやられたと思っていたが、通路に漂う機械油と煤《すす》の臭《にお》いを嗅《か》ぎとることができた。

「高田が燃料をケチろうとしていなければ、伊高丸は沈んでいた。目的は、高田の命だ」

言い終わったところで舷側に出た。爆発の炎はまだ鎮火されていないようで、船尾からの赤い光が伊高丸を照らしている。

「高田はいるか!」

西条は叫んだ。甲板に出てきた人影が答える。

「ここにいる! 何があったんだ!」

伊高丸の甲板めがけて西条が飛び降りた。着地と同時につんのめるが、受け身の要領で一回転して起き上がり、高田に摑みかかった。

「無茶をする」植松が呻《うめ》く。

接舷しているとはいえ、船腹が擦《こす》れあわないよう両船の間には防舷材が下げられていて隙間がある。うねりもあり、一歩間違えば海に落下しかねない。

西条は、襟元を摑んだ高田に顔を近づけた。

「何を知っている」

高田は事態を呑みこめないようで、は、と間抜けな答えをよこす。

「は、じゃねえよ。あの炎を見ろ！」

西条は、高田の顔を炎に向けた。

「わからんのか！　お前を狙った爆発だ」

「どういうこと……」

「お前らが引き揚げた砂糖が爆発した」

また爆発音が響き、高田が思わず首をすくめた。西条は構わず、高田の耳元に口を近づけて怒鳴り続ける。

「もしお前の船に積んだままだったら、とっくに沈没してる！　いや、その前に爆発でお前ら全員お陀仏《だぶつ》だ。何を知ってるんだ。お前の依頼人は、お前を殺す気だぞ！」

「……引き揚げた箱が爆発したのか」

「硝酸塩と混ぜれば砂糖は爆弾の原料になる。海外のテロでも使われる、簡易爆弾だ！」

自分たちが引き揚げたものが爆発した、という状況にようやく理解が追いついたのか、高田の体が震え始めた。もう一人の乗組員も寂《せき》として声もない。

「お前らは陸にあがりゃ何もできないだろ。話して、誰が俺を守ってくれる」

「俺は警視庁の警官だ。お前の依頼人を追っている。保護してやるから、知ってることを全部話せ」

「……船だよ」

「何？」

「船を売った。海外に持っていくんだと。その取引が成立したあとに、この仕事を頼まれたんだ」

5

「六・六トンの漁船。伊高丸と同じ伊豆南三港に係留されていて、引き渡しもそこで行われたそうだ。船は陸に揚げられ、どっかへ運ばれた」

穣の淹《い》れたコーヒーを飲みながら、西条がいった。スーパーピューマで『たかしま』から羽田に運ばれた西条の目の下には隈《くま》ができている。徹夜だけならまだしも、重度の乗り物酔いが三十半ばの体力を確実に削りとったようだ。それでも機械的にコーヒーを口に運ぶ西条の姿に、穣は叩き上げ刑事のしぶとさを見る思いだった。

ミーティングテーブルには、穣と西条、綾美、仲丸という捜査班のメンバーとジークリットが座っている。

「船を陸送した業者は？」穣が訊く。

「高田は覚えていない。売買の書類も作っていないそうだ。所有権を移すのに必要な書類にサインをして、現金をもらって終わり」

「オペレータ、六・六トンの漁船を陸送できる車両は？」

〈総トン数は排水量を表します。六・六トンの漁船であれば、実際の重量は四トンから五トン。中型トラックでも輸送可能です〉

「運送車両から絞りこむのは難しいか……」

穣《あきら》が諦めたところで、綾美が割って入る。

「オペレータ、伊豆南三港付近の過去一カ月のNシステム画像で、漁船を牽引《けんいん》する車両の画像をピックアウト」

穣が問うように綾美を見ると、「漁師が自分の船を引き渡したんですから、船舶専用のトレーラーを使う専門業者だと思うんです」と微笑んだ。

〈伊豆南三港周辺のNシステムカメラが撮影した画像を三枚、選別しました〉

モニターに三台のトレーラーが写しだされる。そのうちの二台の荷姿は、明らかにプレジャーボートのものだった。

綾美は漁船が写った一枚を指定し、そのトレーラーがNシステムに捉えられなくなった地点を探すよう指示する。間を置かずして、一枚の地図が中央モニターに表示された。

横浜ベイブリッジを中心とした横浜市の地図で、本牧《ほんもく》ふ頭を南に下り、山手《やまて》に入ったところに輝点が示された。トレーラーを捉えた最後のNシステムカメラの位置だ。

「そのカメラと他のカメラとの間にある、トレーラーを収容できる倉庫、車庫、工場をピックアウト」

綾美の指示でモニターに幾つかの輝点が追加され、その上に建物の種別と名称が表示される。

「ん?」穣が小さく声をあげた。

「どうした」

西条が問い、皆の視線が穣に集まる。

穣は座ったまま『有限会社フォワーダー・センダ』と表示された輝点を指さした。

「西条さんに言われて、ヒロ・モービルの専務に公総が、中古車の不正輸出に関与していた倉庫業者の名前を訊いたんだけど、千駄組《せんだぐみ》という名前だった」

穣はこめかみを左手の人差し指で叩きながら考えこんだ。

「仲丸さん、税関のシステムにアクセスできる?」

穣の言葉に仲丸が立ち上がり、事務机に置いてあるノートパソコンに向かう。

「行政のデータベースにはすべて接続できます……そらできた」

「ここ一週間くらいで、横浜税関に、同一の通関業者から中古漁船の輸出と輸入の申請があったか調べて」

「税関システムには藤堂さんのほうが詳しいな。藤堂さん代わって」

綾美が仲丸に代わって椅子に座る。

「漁船ですね……輸出申請は四日前にあります。輸入申請も、一昨日《おととい》にあります」

「両方とも通関業者はフォワーダー・センダじゃない？」

穣の問いに、綾美は息を呑みながら「そうです」と答えた。

「どういうことなんだ」

西条の問いに、穣は手をかざして待つように合図する。

「オペレータ、公総が収集した株式会社千駄組の情報を」

〈株式会社千駄組は株式非公開の株式会社で、業種は港湾運送業・倉庫業。業種別売上高で昨年度は国内八位。株主、取締役のほぼ百パーセントを千駄一族が占める同族会社。完全子会社として有限会社フォワーダー・センダを所有〉

穣は西条に向き直った。

「これはね、中古車のダミー不正輸出の応用だよ。ボロージンがヒロ・モービルを使った理由もそこにある」

西条はジッポーライターを取りだし、一回、二回と蓋を鳴らした。底でテーブルを叩く。

「なるほど、ヒロ・モービルは千駄組だかフォワーダーだかに協力者を飼っていた。それを利用したってことか」

「中古車のダミー不正輸出？」

綾美が穣を振り返った。

「そう。中古車を輸出すると税関に届け出て、ダミーとなるスクラップ寸前の中古車をコンテナに入れ、保税蔵置場に持ちこんで税関の検査を受ける」

保税蔵置場とは、通関手続を待つ貨物を一時的に保管する保税区域と呼ばれる場所のうち、民間企業が設置した場所のことだ。

「検査が終わると、保税蔵置場でボロ車と盗んだ高級車を入れ替える。この入れ替えには、フォワーダーと呼ばれる通関業者の協力が欠かせない。そして高級車の入ったコンテナを船に積みこんで輸出し、ボロ車は車体番号を削って遺棄する。ヒロ・モービルはこの手口で利益を上げていたんだ。税関もこのダミー不正輸出には手を焼いていて、保税蔵置場設置業者や通関士業界とたびたび協議会を開いている」

「高田が売った船が、そのボロ車の役割だというのですか」

ジークリットが戸惑ったようにいった。

「オペレータ、六・六トンの漁船は海上コンテナに収まるかい」

〈四〇フィートハイキューブコンテナならば可能です〉

「貨物コンテナの特定はどのように行われる」

〈コンテナの特定は、外観、コンテナ番号、シール番号で行われます〉

「だったら、あらかじめジャベリンの入ったコンテナと同じコンテナ番号、同じシール番号の、中古漁船が入ったコンテナを用意しておけば足りる」

ジャベリンの入ったコンテナが着く前に、中古漁船が入ったコンテナを保税区域に持ちこんで税関を通しておく。到着したジャベリン入りコンテナの税関検査を命じられたら、協力者のフォワーダーが漁船の入ったコンテナを検査へ回す。

現在主流の検査方法は、ドレーと呼ばれる専用車で牽引したままコンテナを丸ごと巨大なＸ線装置にかける方式で、Ｘ線写真で漁船であることが確認できればコンテナは保税区域に戻される。

輸入許可が出たら、ジャベリン入りコンテナを保税区域から国内に入れ、漁船入りコンテナを輸出する。記録上は一隻の漁船が輸入され、一隻の漁船が輸出されたことになる。

「しかし、港湾業務はＮＡＣＣＳ《ナックス》というシステムで一括管理されていますし、コンテナ番号にも追跡機能があります」綾美が疑問を口にする。

「ＮＡＣＣＳは港湾業務のデジタルトランスフォーメーション《ＤＸ》化が目的で、不正発見が目的じゃない。コンテナ番号の追跡にまだ対応していない船会社や運送業者も多い」

「フォワーダーに協力者がいればどうとでもなる、ということか」いいながら、西条は眉間に皺を寄せる。「理屈はそうだとしても、実際にうまくいくかな」

「でも筋は通ってますし、班長がいうようにボロージンがヒロ・モービルを選んだのも納得できます。彼らのシノギは、もともとフォワーダーの協力者が必要なものだった」

綾美が穣に加勢するようにいう。

「昨日の瀬取りが、正規の通関手続から目を逸らすためのものだったとすれば、僕たちはまんまと嵌まったことになる。参ったね。ボロージンは一手も二手も先にいってる」

「だが俺たちは追いついた。班長の読みが正しければ、中古船の輸入コンテナにジャベリンが入ってるんだろ。そのコンテナを押さえればいい。いや、見張っておけばアレクセイエフが現れるかもしれない。藤堂警部、税関のデータからコンテナの船荷証券を取りだせるか」

中央モニターが切り替わり、一枚の英文の書類が表示される。

「税関に提出された船荷証券です」

船荷証券はB／Lとも呼ばれ、船会社名、船名や荷送人、荷受人などが記載されている。

穣は、モニターの書類をざっと見渡し、荷受人の欄で目が止まる。株式会社トシという会社だが、所在地がヒロ・モービルと同一だ。穣は、ヒロ・モービルの社長の名が、トシヒロであることを思い出した。

「このコンテナは今、どこに」

「横浜港に到着してコンテナヤードに下ろされた後、税関検査を通過して輸入許可となり、株式会社千駄組の保税蔵置場に搬送されたようです」

「千駄組保税蔵置場のコンピュータには侵入できる？」

穣は仲丸に訊き、仲丸は難しい顔になった。

「可能ですが、時間がかかります。すぐにアクセスするのは難しいですね」

「行ったほうが早そうだ」穣は立ちあがった。

同時に、部屋の隅におかれた警察電話が鳴った。近くにいた西条が電話をとり、「班長に、河村課長代理から」と告げる。

〈これまでの進捗について、美和参事官が訊きたいそうです。本庁に来てください〉

河村は端的に用件だけをいい、電話をきった。穣は、美和参事官からの呼び出しです、と皆にいいながら受話器を置く。

「昨夜の海保の件だな」西条の言葉には、いい気味だ、という含みがある。「コンテナは俺に任せて行っといで」


警視庁総合庁舎十三階の参事官室で、穣は美和参事官の前に立っていた。美和は執務机の向こうで黒革の椅子に座り、その隣には白髪混じりの髪を中央で分けた男が立っている。吊《つ》るしとわかるグレイのスーツを着た男は、感情の窺《うかが》うことのできない目で穣を見つめていた。

「昨夜は派手なことになったようですね」

美和の言葉に皮肉の響きはなく、淡々と事実を確認する口調だった。

「申し訳ありません」穣は頭を下げる。「爆発は誰の責任でもありません。強いて言えば、回収物を直ちに検査しなかった海上保安庁警備部の問題ですが、それとて落ち度とまではいえないでしょう。武器と聞かされていたものが、一見したところ砂糖だったんですから」

「砂糖の意味にもっと早く気づくべきでした。日常的にテロと対峙《たいじ》していれば、爆発物の原材料となりうることはすぐにわかったはずです」

美和が首を傾《かし》げた。「我が国はテロに対する意識が低い、と?」

「私個人の意識が低かった、と申し上げたつもりでした」

「自分に厳しいのね」

美和は微笑んだ。五十に近いはずだが、権威とそれに見合う自信がその笑顔を若々しいものにしている。なるほど、公安部きっての才媛とテレビが騒ぐはずだと穣は合点した。

「海上保安庁とは、昨夜のことは互いに秘密にするということで話がつきました。あちらにしても検査を怠った荷物が爆発したとは公にしたくないようで、甲板の修繕費用をこちらの機密費からいくらか負担するということで折り合いました。怪我人がいなかったのは幸いです」

「ご迷惑をおかけします」

穣は頭を下げた。

「構いません、必要経費です。手掛かりが途絶えたわけではないのでしょう」

「はい」

穣はちらりと男を見る。その視線の動きに美和は、

「紹介しましょう。こちらは外事一課の指導班担当、猪口《いのくち》警部。何度か私の指示で動いてもらったことがあります。何を話してもらっても構いません」

と男の身元を保証した。

外事一課は外国の諜報機関、特にロシアのそれを監視し摘発するセクションだ。本来であれば、刑事部の薬物銃器対策課と並んで今回の事件を担当すべき部署ともいえる。

「失礼しました」

穣は中古車のダミー不正輸出を真似《まね》た手口で輸入された可能性があり、西条を保税蔵置場の聞き込みに向かわせたと報告した。

「西条部長ひとりだけで大丈夫ですか。その保税蔵置場にジャベリンがあるかもしれないんでしょう」

美和がやや不安げな表情を浮かべたが、穣は、

「保税蔵置場は、非公開会社とはいえ日本の十指に入る海運倉庫会社の所有ですから、聞き込みだけなら危険はないと判断しました。コンテナがあれば、公総に協力してもらって

ガサをかけます」

とうけあった。そこに猪口が割りこむ。

「ガサをかけるのは待ってほしい。コンテナの受け取りには、ボロージン配下の者が来るはずだ。身柄を押さえたい」

「張り込むんですか。千駄組には協力者がいますから、見破られる可能性がある。それに西条さんが聞き込みに行っていますから、コンテナに警察が目を付けたことはもう伝わってるかもしれない」

「たとえ警察が目を付けたとわかっていても、ボロージンは放置できないはずだ。必ず受け取りに来る」

「だったらなおさらマズいでしょ。もしジャベリンを強奪されたら目も当てられない。優先すべきはジャベリンの回収です」

「ボロージンは大物だ、何とか手に入れたい」

「手に入れる?」

「ジャベリンの引き取りに失敗すれば、ボロージンは窮地に立たされる。ウクライナ侵攻の制裁として日本政府が発表するペルソナ・ノン・グラータの一人に彼が含まれるのはほぼ確実で、任務に失敗して帰国した彼を待っているのは粛清だ。そうなると、彼が亡命を選択する可能性は充分にある」

「日本がスパイの亡命を受け入れたことはないでしょうに。ベレンコ事件しかりレフチェンコ事件しかり」

「もちろん最終的にはアメリカに引き渡すことになるだろうが、その前に事情聴取を行うことはできる」

　穣は猪口の提案を検討するふりをしたが、答えは決まっていた。

「申し訳ありませんが、ジャベリンの確保を最優先にします。コンテナが見つかり次第、回収します」

「またとない機会なんだぞ」

　猪口がいい募り、その執拗《しつよう》さに辟易《へきえき》した穣は、

「美和参事官のお考えは」

　と美和の考えを質《ただ》す。

　捜査班を作り、ジャベリンの回収が最優先と命じたのはほかならぬ美和だ。その美和が、ボロージンの吸収を主張する猪口を同席させていることに穣は不可解なものを感じていた。

　美和は形の良い顎《あご》に右手の人差し指を添え、しばらく考えていたが、やがて断を下した。

「猪口警部の気持ちもわかりますが、ここはアメリカへ貸しを作ることを優先しましょう。ボロージンを獲得できればベストでしょうが、ボロージンが粛清されるなら、それはそれで日本におけるロシア課報網が弱体化するということでもあり、我が国にとって悪い話で

はありません。ジャベリンを速やかに回収します」

猪口はぐっと頰《ほお》を膨らませてから、「了解しました」と美和に一礼し、穣をひと睨《にら》みして部屋から退室した。

ドアが閉まるのを待ってから、穣は、

「なぜ私を呼んだのですか」

と美和に問うた。

「今回の事件を、あなた方に委ねたことを快く思わない人間もいます。猪口は忠実な部下ですが、かといって外一《そといち》の係長として不満を抱いていないわけではない」

「つまり、ガス抜き？」

美和は、外一の不満や鬱屈《うっくつ》を宥《なだ》めるために猪口を招いて意見をいわせ、その意見を穣に否定させたのだ。美和に対する不満が小さくなる分、その矛先は穣に向かうことになる。

したたかな政治家の一面を見せた美和は艶然《えんぜん》と微笑み、穣は、キャリアってやつは、と心の中で毒づいた。

6

海岸通りを走り、本牧ふ頭に入ると、しばらくして東側に折れた。

「ここですね」

横に長く奥行きもありそうな平屋の倉庫の、人の背丈を越える鉄のフェンスに囲まれた敷地の前でタクシーが停《と》まった。門の横には「保税区域　関係者以外立入禁止」の表示があり、これ見よがしに防犯カメラが支柱に取りつけられている。

西条はタクシーを降り、受付のある建物へ向かう。建物の横はコンテナが整然と並ぶアスファルト敷きの広場で、今もトレーラーがコンテナを牽《ひ》いて出ていく。西条が建物に入ると、壁際に座っていた六十がらみの警備員が立ちあがり、「ちょっと」と西条に声をかけてきた。

「警察です。お伺いしたいことがあって」

西条はバッジを見せる。

「警視庁？　神奈川県警ではなく？」

警備員は当然の疑問をぶつけてくる。

「海上保安本部と一緒にやってる事件の関係です」

「ああ、海保の事件ね。ちょっと待ってて」

海上保安庁のひと言で警備員は建物の奥に消え、ワイシャツを着た男を連れて戻ってきた。受付カウンター越しに男が西条と向かい合い、警備員はもとの椅子に戻って競馬新聞を取りあげた。

ワイシャツの男は茂田《しげた》と名乗り、

「海保の関係ですって？　警察官なのに？」

と怪訝《けげん》そうに訊く。

「詳しくはいえないのですが、第三管区本部国際刑事課の植松さんと一緒に捜査に当たっています」

あいまいな西条の言葉に、茂田の顔がさらに曇る。西条は西条で、この倉庫にはヒロ・モービルのダミー輸出の共犯者がいるはずだ、ひょっとしてこの茂田という男がそうかもしれないと不安になった。

「茂田さんは、この倉庫には長いんですか」

「いえ、普段は別のところで働いています。ちょっと事情があって、今日はここに」

「事情というのは」

茂田は「取調べですか、これ」と不愉快そうな表情を浮かべる。

「まさかまさか、違います。そんな警戒しないでくださいよ。ちょっと気になっただけですって」

西条はへらへらと笑った。それを見た茂田の頬が緩む。

「大した話じゃありません。社員が一人休みになって、それで私が出ることに」

「あれ？　ボンボン、今朝はいたぞ」

壁際に座っていた警備員が、新聞をわずかに下ろしていう。西条は「ボンボン？　休みの人間のことですか」と警備員に話を振った。

「千駄秀生《しゅうせい》と言ってな、社長の息子だが、手癖が悪い。データベースにも載ってるんじゃないか」

「データベース？」

「犯歴のさ」

海上保安庁のOBなのか、警備員は慣れた口を西条にきいた。

そんな警備員を「磯谷《いそたに》さん！」と茂田がきつい口調でたしなめる。磯谷と呼ばれた警備員は新聞に顔に戻した。

「それで、用事は何でしょうか」

「いや、この船荷証券の荷物、ここにあると聞いたんで確かめに来たんです」

西条はPDAを茂田に示した。

「待ってください」

茂田は、受付カウンター近くの机に座り、そこに置かれているノートパソコンを開いた。

「船荷証券番号を読み上げてください」

「どの番号？」

「その画面の一番上にある、B／Lナンバーというやつです」

西条が読み上げ、茂田はそれをノートパソコンに打ちこんだ。

「うん？　ああ、これは……」茂田の表情がまた曇る。

「どうかしましたか？」

「こういうのって答えていいのかな。あなたが本物の警官かわからないし」

「じゃあ府中署に電話して、西条っていう刑事がいることを確認してもらうのはどう」

茂田が磯谷に目配せでどうすべきかを問い、磯谷はうなずいた。

「ちょっと待ってください」

ノートパソコンに何かを打ちこみ、茂田は卓上の白い固定電話に手を伸ばした。パソコンで府中警察署の代表番号を調べたのだろう。

「あの、今、そちらの西条さんという刑事の方が、話を聞かせてくれって来てるんですけど……刑事課に代わる……はい」

電話交換で刑事組対課に電話を回されたらしく、同じセリフを茂田が繰り返した。

「西条さん、電話を替わってくれって」

茂田が、カウンター越しに受話器を差しだす。

「はいはい」

〈横浜で何やってるんですか〉

亜紀の声だった。

「なんだ、亜紀ちゃんか」

〈なんだはないでしょう。亜紀ちゃんって言うのも止《や》めてください。何度言えばわかるんですか。聞き込みですか〉

「ああ」

茂田が注目しているので、亜紀に詳しいことは話せない。

〈横浜で聞き込みとは、こき使われてますね。ざまあみろです。……まだ戻れないんですか〉

「たぶんもうすぐ終わる」

〈そこの人に代わってください〉

茂田に受話器を返す。茂田は亜紀と話しながらしきりにうなずき、電話をきった。

「すみませんでした。間違いなく刑事だし、聞き込みに答えて欲しいと言われました」

打って変わって神妙な態度だ。

「その荷物はもう引き取られてて、うちにはありません」

「引き取られてる？」

「二時間ほど前に出荷の記録があります……でもおかしいな、荷受人の記録がない」

「荷受人の記録がない、とは」

「ええと、荷渡指図書という書類に引き渡し方法が記載されていて、これは受け取りに来た人間にコンテナごと引き渡すよう指示があるんです。でも引き渡した記録はあるのに誰に引き渡したかの記録が残っていない。普通はありえません」

「二時間前か。ボンボンを見かけたのは、それくらいだったな」

磯谷がぼそりと呟き、茂田の表情が強張《こわば》る。西条は磯谷をちらりと見てから茂田に尋ねた。

「千駄秀生さんが持ちだした？」

「まさか、彼が」

「違う、といえますか」

茂田は口を噤《つぐ》み、やっとのことで「証拠はありません」と囁《ささや》くような声でいった。

「証拠はあるんじゃないですか。防犯カメラが」

茂田が顔を上げる。

「敷地内の防犯カメラの映像を、すべて差し押さえます。令状が届くまで、いっさい触らないでください。言っときますが、もし消そうもんなら証拠隠滅罪に問われますよ」

ノートパソコンに伸びた茂田の手が止まり、怯えた表情で西条を見上げた。

差し押さえた防犯カメラ映像をオペレータで精査したところ、千駄秀生の運転するトレーラーが四〇フィートコンテナを牽引していく様子が捉えられていた。

〈ヒロ・モービルの協力者は社長の息子だったってわけだ。ギャンブル狂いで、ほかの社員からの評判はすこぶる悪い。オーナー企業ということもあってやりたい放題だったが、客の荷物に手をつけて服役した。出所後に復職したが、さすがに親も役職に就けることはせず、そのせいで懐事情は厳しかったようだ。そこをヒロ・モービルの杉橋に付けこまれたらしい〉

西条の報告を電話で聞きながら、穣は犯歴データベースに登録されている千駄秀生の情報に目を通す。傷害の前歴が一件、詐欺と窃盗各一犯の前科があり、そのうち窃盗で六カ月服役している。傷害や詐欺は親の力で示談に持ちこめたのだろうが、さすがに三度目の窃盗では庇《かば》いきれなかったというところか。運転免許センターのデータベースによれば、普通自動車、中型自動車、普通自動二輪のほか大型と牽引の免許も保有している。

「今、オペレータがNシステムでトレーラーの行き先を追っている。ちょっとそっちでお茶でもしてて」

穣が電話をきると、綾美が「Nシステムでのトレーラーの最終確認地点は、千葉県内です」と報告する。

中央モニターに東京湾を中心とする東京、神奈川、千葉の地図が示された。輝点が神奈川県の南本牧から始まり、横浜ベイブリッジを通って大黒ふ頭へ、首都高速湾岸線を辿って川崎扇島《かわさきおうぎしま》へと延び、アクアラインで東京湾を横断して千葉県の木更津《きさらづ》へ入り、木更津東インターチェンジで消えている。

Nシステムで追えたのはそこまでだったが、綾美はオペレータに命じ、千葉県内の交通管制カメラと街頭防犯カメラの映像を精査させ、四〇フィートコンテナを牽引している千駄のトレーラーを特定した。

「さすが。それで最終の行先は」

「外房《そとぼう》にある港湾地帯です。コンテナトレーラーが収まる倉庫がいくつかありますが、それ以上絞りこむのは難しいですね」

「いや、上出来。そこから先は、伝統的なローラー作戦でいこう」

「人員はどうします」

「公総と公機捜から五十人ほど借りる」

「特捜本部並みの員数ですね。大丈夫ですか」

「一回きりの聞き込みということで、美和参事官に頼みこむ」

こうもいいように公安総務と公安機動捜査隊を利用すれば、公安部内で捜査班に対する風当たりが強くなるのは避けられない。ノンキャリアの公安部員の不満の防波堤に準キャリアの穣がなり、それを糧にキャリアの美和が手柄をものにする。警察組織の狡猾《こうかつ》さ、美和のしたたかさを思いながらも、穣にほかに手はなかった。

防犯カメラ映像から車両を明瞭《めいりょう》に判別できる画像が抽出できたこともあり、聞き込み開始から三時間と経《た》たずに倉庫が特定された。数年前に倒産した会社が使用していた資材置き場で、倉庫は敷地の半分ほどを占めている。長い間放置されていたが、ここひと月ほど車が出入りするようになって周囲の目を引いていたところ、きょう午前、トレーラーが入っていくのが目撃された。

シチュエーション・ルームで待機していた穣は捜索令状を取得し、警視庁本部へリポートから勝浦《かつうら》の民間へリポートまで飛んで警察車両に乗り換え、聞き込みに参加していた西条と合流した。

「赤外線やサーモグラフィーでは倉庫内に生物の反応はない。つまり中は無人の可能性が高い。いつでも突入できるわ」

通信装置が備え付けられたバンの中で、ジークリットが英語で穣にいう。

穣たちが現地入りしてから間もなく、ジークリットがアメリカ合衆国海兵隊の小隊と共に到着した。部隊は目立たぬよう周囲に展開し、赤外線カメラなどを使った建物の内部探査も行なっていた。

聞き込みを終えた公安の捜査官は東京に帰り、少数の監視班が倉庫の見張りを続けている。少なくとも監視班が張り付いてから人の出入りは確認されていない。

「いっておくがチェン中尉、まず我われ警察が捜索に入る。ジャベリンの存在を確認できたときのみ、海兵隊が倉庫に入るのを許可する。いいね」

西条にも聞かせるために穣は日本語でいい、ジークリットは肩をすくめて応《こた》えた。

「日が暮れる前に片づけよう。行こうか」

穣はバンから降り、西条が続く。

敷地に近づくと、捜索要員として残っていた公安機動捜査隊六名がどこからともなく現れ、捜索立会人となるべく連れてこられた地元の消防隊員とともに穣たちの後ろにつく。

法務局の登記附属書類によれば倉庫は屋根と壁だけの建物で、広さは八百平方メートル、中学校や高校の体育館ほどの大きさだ。正面は大きな両開きのスチール扉で、航空機の格納庫を思わせる。道路と倉庫敷地の境はサビの目立つ緑色のネットフェンスで区切られ、観音開きのフェンスゲートがあるが、錠は見当たらない。

穣はジークリットに敷地の外で待つようにいい、ゲートを開けて敷地に入った。倉庫のスチール扉に向かいながら振り返ると、ジークリットはフェンスのところで集音器のような道具をこちらにかざしている。捜索の状況をモニターするのだろうと思い、穣はさして気に留めることなく扉の前に立った。

「公安機動捜査隊副隊長の神崎《かんざき》です。これから捜索のため建物に入ります。これが捜索令状です」

神崎が消防隊員に令状を見せ、着手します、と宣言して公機捜の隊員に合図を送る。黒いリュックを持った出動服姿の隊員が進み出て扉の前にしゃがみ、リュックから取りだした拡大鏡を付けて鍵穴《かぎあな》と向かいあった。だが、すぐに「あれ？」と間の抜けた声をだす。

「施錠されていません」

立ち上がり、扉を引く。思わぬ軽さですするすると扉が開いた。

天窓からの光で、倉庫内には十分な明るさがある。金属くずにもならないような什器《じゅうき》類が乱雑に壁際に積み上げられており、がらんとした内部の中央に四〇フィートコンテナを積載したトレーラーが鎮座していた。

――やっと。

軽い感慨が胸に湧き、穣は静かに息をひとつ吐きだした。仔細《しさい》にトレーラーを観察する。トレーラーはトラクター部分を奥にして駐《と》まっており、運転席を見ることはできない。コンテナ最後尾にある扉には、内部を封緘《ふうかん》するシールが幾つも取り付けられている。シールといっても紙のそれではなく、扉を開けるハンドルを回せぬよう、扉とハンドルの突起部分に一〇センチほどの金属の棒を差しこんで固定したものだ。それらシールに破損はないようで、船から降ろされたままの状態であるように見受けられた。ジャベリンが納められているのでは、との期待が否が応でも高まる。

「左右に分かれ、両側から接近。まず運転席を調べる」

神崎が指示を出す。立会人を扉の傍に残し、公機捜隊員が二人一組となってトレーラーに近づいていく。全員が上着の内側に手を差し入れ、いつでも拳銃《けんじゅう》を抜けるようにしている。穣は西条とともに、先行する公機捜隊員をバックアップするように距離を置いて倉庫内に歩を進めた。

「異常ありません」

トレーラーの前に回りこんだ神崎がいい、場の緊張がわずかに緩む。穣は西条とともに、コンテナの扉に近づいた。

「いよいよだな」西条がいう。

公機捜の隊員たちも扉の周りに集まってきた。コンテナは荷台の上にあり、扉を皆で見上げる。機捜隊員の一人がどこからか脚立《きゃたつ》を持ってきた。

「シールを切りましょう。おい」

神崎が合図すると、先ほどの出動服姿の隊員が、リュックから今度は大きな金切りバサミを取りだした。脚立に上り、シールにハサミを当て、力を込める。

「ノー！」

悲鳴にも似たジークリットの声が倉庫内に響いた。ほぼ同時に、西条が穣に覆いかぶさる。穣は床に押し倒された。

コンテナの扉が内側から弾け、火炎が噴きだす。穣は、出動服姿の隊員が、扉に上半身を押し潰《つぶ》されて飛んでいくのを見ながら、すさまじい圧力を全身に感じ気を失った。


ゆっくりと目の焦点が合い、こちらを覗きこむ二人の顔が次第に明瞭になっていく。

「ジョー、大丈夫？」

ジークリットの英語での問いに、穣はまた目を閉じて、全身に神経を巡らす。両手両足の指先、腕、太もも、腹筋と力を入れ、胸を膨らませる。あらゆる所に鈍い痛みが走るが、神経を切り裂くような破綻した痛みはない。目を開けて、ゆっくりとうなずいた。

「まったく、かばった俺ではなく班長のほうが気を失うとはね」

西条が呆れたようにいい、体を起こそうとする穣の右腕を摑んで力を添える。

「何が起きた……いや分かってる、爆弾だね」

ジークリットがうなずく。

「コンテナ内部に爆薬が仕掛けられていた。中身を取りだして、もう一度シールをしたのね。シールに微量の電流が流れていて、その電流が途絶えると爆発する仕組み。初歩的なものよ。コンテナ本体が砲身の役割を果たして、爆炎と爆風が扉から吹きだした」

穣は上半身を起こして辺りを見た。迷彩服を着た米兵が公機捜隊員を介抱している。米兵は十人、横になっている公機捜隊員は五人。一人足りないことに気づいて倉庫内を見回すと、倉庫入口近くの床に、人体ほどの大きさのものがビニールシートにくるまれていた。

「まさか……」

穣の視線を追い、ジークリットが「即死だった。上半身は原形を留《とど》めていない」といった。

「西条さんに感謝することです。彼がいなければ、あなたは爆炎をまともに受けていた。風圧で気を失っただけですんだのは幸運です」

日本語に切り替えられたジークリットの言葉は、しかし穣の耳に止まることはなく、穣は「僕の判断ミスで死んだ」と心の中で呟き続けていた。

自らの指揮下で人が死ぬのは、穣にとって初めての経験だった。アレクセイエフとの交戦で土浦は負傷したが、死んではいない。それにあれは穣がいない場所での、敵の不意打ちによるものだった。だが今回は、コンテナを目の前にしたことによる、自らの油断が原因だ。

「中尉が警告してくれたからだ。あの声がなければ、俺も一緒にやられてた」

穣はジークリットを振り返った。

「なぜ爆弾だとわかった」

厳しい口調にジークリットが驚いた表情を浮かべ、穣は唐突に恥ずかしさを覚えた。

「すまない、ちょっと感情的になってる」

穣の謝罪にジークリットは寛容と憐みの笑みを浮かべる。

「こんな状況ですから、仕方ありません。爆発物の揮発性物質を感知する機械を使っていました。あなたがたが倉庫の扉を開けてしばらくして、数値が異常に高まりました。ジャベリンは密閉されています。考えられるのは、コンテナに爆発物が仕掛けられていることです。それで警告したのですが、間に合いませんでした」

穣はうなだれた。爆発物探知機を使っていれば死人を出さずにすんだのだ。無人の倉庫にコンテナが放置されていた段階で、トラップの可能性を考えてしかるべきだった。

「何てことだ」穣は額を左手で押さえた。

「おい、班長」

西条の呼びかけに反応できずに俯《うつむ》いていると、軽く頬を張られた。

「おい、班長！　機能停止に陥っている場合か」

もう一度頬を張られる。今度は力がこもっていた。

「いいか、死んだ隊員は松野《まつの》というそうだ。松野は指揮がまずくて死んだ、間違いない」

西条の喚き声に憐憫《れんびん》とは異なる熱情を感じ、穣は顔を上げた。

「だからといって、班長が落ちこんでいたら松野は救われるのか。あんたが職務を放棄したら松野は満足なのか。違うだろう！」

いつの間にか、周囲の人間が二人に注目していた。公機捜隊員は床に倒れたまま首を回し、米兵も治療の手を止めて、穣と西条を見ている。

「俺たち現場の兵隊はな、自分たちの犠牲が無駄じゃないと信じてるから戦えるんだ。そりゃ松野にどんな覚悟があったかは知らないよ。そんなことわかるわけないだろう。でも指揮官が固まってどうするんだよ。犠牲を無駄にしないよう働くのが指揮官の仕事だろう。動け、動けよ」

三たび頬に飛んできた手を穣は摑んだ。

「僕だって兵隊の一人だよ。でも言いたいことはわかる」

穣は西条の手を離し、膝《ひざ》に手をついて立ち上がった。

「アレクセイエフだね。ボロージンはスパイだけど、破壊工作員ではない。こんなことができるのはアレクセイエフしかいない」

「だろうな。コンテナの中には、ジャベリンの代わりに千駄秀生の死体があった。焼け焦げているが、首には例のチャイナリングの痕《あと》がある。奴はここでジャベリンを受け取り、千駄を殺した」

穣が近くに倒れている公機捜副隊長の神崎を見ると、神崎がうなずいた。炎を浴びたのか、顔の半分は包帯に包まれている。穣は神崎のもとに行き、跪《ひざまず》いて話しかけた。

「合衆国軍は引き揚げさせて、公総の河村課長代理をここに呼びます。松野隊員も、千駄も死んでいる。この現場をなかったことにはできないし、するつもりもない。ひとえに僕の責任ですが、今は犯人を追わねばならない。この現場は課長代理に任せます」

立ち上がり、西条に向き直った。

「西条さんはここに残って河村さんに状況を説明して」

「ちょっと待て。俺を外すつもりか」

「そんなわけないでしょう。アレクセイエフは西条さんの獲物《えもの》だ。説明が終わったら、勝浦のヘリポートで待機。警視庁のヘリを回すから」

ジークリットに英語でいう。

「海兵隊を引きあげさせるんだ。僕は東京に戻る」

「いいけど、復讐《ふくしゅう》なんて言わないでね。あなたの目的を忘れないで」

穣は努めて冷めた目をジークリットに向けた。

「当たり前だ。ジャベリンを回収する」

第五章　カッコウ、決着をつける

1

穣は東京に戻ると警視庁公安部の参事官室に直行し、自らの失態を詳細に美和参事官へ報告した。美和はいっさい口を挟むことなく穣の報告を聞いた。

「わかりました。河村課長代理の報告を待ってから、警察庁、千葉県警警備部と善後策を練ります。あなたは引き続き調査班の指揮を執ってください」

「アレクセイエフはジャベリンとともに移動中と思われます。追跡に警視庁のヘリを使わせてください」

「構いません。その代わり、アレクセイエフは必ず確保してください。爆破事件を決着させるのに必要となるでしょうから」

美和の口調は極めて事務的で、もう後がないことを穣に告げていた。もとより穣もそのつもりだ。美和に礼をいい、参事官室を辞去する。ジークリットの運転する車でシチュエーション・ルームに戻った。すでに午後八時を回っている。

「オペレータが、つい今しがたアレクセイエフの顔貌《がんぼう》を検知しました」

穣が部屋に入るなり、綾美がいう。

「あの……大変でしたね」

「うん、大変だった。でもそのことはいい。アレクセイエフは今どこに」

「練馬《ねりま》インターチェンジから四トントラックで関越自動車道に流入。現在もNシステムで捕捉《ほそく》し続けています」

「なんだって」穣は驚きの声を上げた。

高速道路にNシステムのカメラがあることは、アレクセイエフもわかっているはずだ。それなのに隠れもせずに走り回っているとは。穣は戸惑いながらも、西条の携帯に電話をかける。

「アレクセイエフは関越道を走ってる」

〈関越か……市場は、ヒロ・モービルは新潟東港を使ってて、倉庫があると言っていた〉

「それだね。目的地はそこだ」

〈どうするつもりだ〉

「もちろん押さえる。特殊部隊《SAT》に出動要請しよう」

〈おおごとにしていいのか。海の上とは違うんだ、関越道でアレクセイエフの野郎が暴れたら、あっという間にマスコミが群がる〉

「既におおごとになってる。倉庫の一件は、いずれ公になる可能性が高い」

〈おいおい班長さんよ、まだ頭に血が昇ってるのか。もう終わった倉庫の爆発と違い、アレクセイエフの捕り物はこれから起こるんだ。衆人環視のなかでそれをやるつもりかと言ってるんだ。冷静になれよ〉

「そんなこと言って西条さん、自分でアレクセイエフに手錠《ワッパ》を掛けたいだけでしょ」

〈当たり前だ〉

「直ちにヘリでアレクセイエフを追って」

西条との電話を切り、穣はジークリットに向き直った。

「これでいいね」

「ええ。警察が高速道を封鎖しても、アレクセイエフは突破を試みるでしょう。特殊急襲部隊を投入したら銃撃戦になります。いえ、それ以前に、高速道の封鎖も特殊急襲部隊の出動も、西条さんのいうとおりマスコミの目を引く。行き先が新潟とわかっているなら、そこで押さえたほうが人目を引かずにすみます」

「新潟ではなく、どこか別の場所に行くかも」

「Nシステムと西条部長が追いかけてくれるんでしょう？　それに、私たちも今からリーパーを飛ばします。もしあなたがたが見失うようなことがあれば、そのときは……」

ジークリットが唇《つ》を吊り上げて笑みを作ったが、目は笑っていない。

リーパーはアメリカ合衆国軍が運用する無人機のことで、空対地ミサイルを備えており、そのミサイルは直径二メートルの範囲しか破壊しないような超精密爆撃が可能だ。

「よしてくれ。西条さんは必ずアレクセイエフを押さえる」

「信じてます。でも保険は必要」ジークリットの笑みは変わらない。

穣はジャケットを持って立ちあがった。

「どちらへ」綾美が訊《き》く。

「西条さんと一緒に飛ぼう。チェン中尉、あなたも来るんだ。一緒に見張っていれば、無人機を使って超精密爆撃をしようなんて考えないだろう」

「へリにここに寄るよう伝えます」

「面白いですね、一緒に行きましょう。でもリーパーは飛ばしますよ」

いってから、ふふっとジークリットが笑った。先ほどの凄艶《せいえん》な笑みではなく、素朴な笑顔だ。

「日米の情報機関が全力でトラック一台を追うなんて、考えてみればおかしな話です」

穣は、動きを止めた。何かが引っ掛かった。

『一見もっともらしい答えは、おそらく誘導されたもの』

倉庫では思い出すこともなかった母の言葉が、ふたたび頭をよぎる。

まさか、と穣は崩れ落ちるように椅子《いす》に腰かけた。

「どうしました、班長？　体調が悪いんですか」綾美は心配そうだ。

――アレクセイエフは専務を襲撃するときに顔を隠していなかった。写真であれ似顔絵であれ、自分の容貌が手配されているとわかっているはずだ。なのになぜ、顔を晒《さら》したまま高速を走っている？

陽動。

穣は直感した。アレクセイエフのトラックに、ジャベリンは入っていない。

「ヘリに乗る話はキャンセル」

「どうしたの、ジョー？」ジークリットが英語で尋ねる。

「アレクセイエフは囮《おとり》だ」

手にとったジャケットをテーブルに放《ほう》り、日本語で答える。

「面バレしてるとわかっていて、これ見よがしにトラックで高速道路を走り回る。ボロージン お得意の陽動作戦だ。本命は別にいる」

――二度も騙《だま》されるものか。

「藤堂さん、今日のアレクセイエフの映像で、変に間が空いているところはない？」

「どういうことでしょうか」

「アレクセイエフは倉庫で千駄からジャベリンを受け取った後、さらに別の車に受け渡したんじゃないかと思ったんだ。重さ三〇キロのケースを三十個受け渡すには、それなりの時間がかかる。アレクセイエフが捉《とら》えられている映像の間隔を調べて、そんな間延びした時間がどこかにないかと」

　なるほど、と綾美はノートパソコンに向かった。

「確かに、千葉での滞在時間が異様に長いですね」

　操作を続けながら、綾美がいう。

「外房から練馬インターまでは二時間半から三時間ほどです。ところが、アレクセイエフが練馬インターを通過したのは午後八時。千駄のトレーラーが外房の倉庫に入るのを目撃されたのが今日の午前。つまり、倉庫でジャベリンを回収、千駄を殺害したアレクセイエフには、五時間も空白があります」

「やはり積み替えてるな」

　午後八時までNシステムをはじめ監視カメラに捉えられていなかったということは、アレクセイエフは東京アクアラインなどの幹線道路を使わず、慎重にカメラを避けながら東京まで移動したということだ。それが午後八時になって練馬インターチェンジのカメラにわざと顔を晒したのは、その時刻が何らかの作戦開始時刻とされていたからに違いない。

穣はアレクセイエフは囮だという思いを強くした。

「藤堂さん、ボロージンの居場所について、外事一課は何と言ってる」

「大使館にいると言っています。昨日出勤してから、外に出ていないと」

「大使館に泊まりこみ?」

駐日ロシア大使館は外事一課の定点監視対象であるうえ、電話やメールなどの電子通信もUKUSAによって監視されており、身動きが取れない場所に自らを置いているようなものだ。

「この局面で、ありえないだろ。籠脱《かごぬ》けか」

「カゴヌケ?」

ジークリットの知らない単語だったようだ。

「建物の一方の口から入り、他の口から抜け出て逃げることです」綾美が説明する。

「なるほど、尾行を撒《ま》く方法ですね。ありがとう藤堂さん」

ジークリットがにっこりと笑い、綾美はやや硬い顔で頭を下げた。

二人のやり取りに構わず、穣はオペレータに命令する。

「ボロージンの顔貌を、今日午後六時以降の一都六県のカメラ映像と照合」

〈有意に類似率が高いと認められる人物は不存在です〉

「やはり大使館にいるのでしょうか」

「いや、これだけの大仕掛けだ、ボロージンは必ず現場に出ている」

「どこかに隠れているとか」綾美がいう。

「アレクセイエフが囮として稼いでいる時間を、ボロージンが無駄にするはずがない。アレクセイエフとは別の方角に走っていると思う。ナンバープレートとフロントガラスに、Nシステムの読取り妨害装置を付けて」

「何とかボロージンを見つけ出せないの！」

ジークリットが喚《わめ》く。いわれるまでもなく、穣は追跡方法を考えていた。

読み取れるべきものが、妨害装置のせいで読み取れない。

——それを逆手にとればどうだ。

「オペレータ、千葉県内で、Nシステムでナンバープレートと運転手の顔貌の両方の読み取りが不可能な貨物自動車の画像を検索」

ああ、と綾美が感嘆の声を上げる。

〈複数の画像があります〉

「中央モニターに」

十二枚の画像がモニターに映しだされた。穣が一枚一枚確認していくと、ほとんどがナンバープレートに泥などの汚れが付いていて番号が読み取れず、かつ、運転手がマスクをしていて顔貌が不明なものだったが、一枚だけ質的に異なるものがあった。

四トントラックのフロント正面が写った鮮明なカラー画像だが、運転席のガラスとナンバープレート部分だけが、まるで墨で塗りつぶしたように黒くなっている。

「見つけたぞ、ボロージン。場所は？」

〈千葉県茂原市小林《こばやし》交差点〉

「どこに行くつもりかしら」ジークリットは苛立《いらだ》たしそうだ。

「ヒントはあるさ。奴《やつ》らはジャベリンを北海道に持ちこむつもりだ。だが本州から北海道に自動車道は通っておらず、自前で船を調達するか、フェリーで渡るか。事前に調達した中古船はダミーに使って手元にはない。そうするとフェリーしかない」

綾美が声を上げる。「茨城《いばらき》から北海道に向かうフェリーがあります」

「時刻表を調べて」

「茨城県の大洗《おおあらい》港午前一時四五分発、苫小《とまこ》牧《まい》午後七時四五分着です。市原鶴舞《いちはらつるまい》インターチェンジから大洗港までは、車で二時間から二時間半」

「Nシステムが一定間隔で設置され、逃げ場もない高速道路は避けると思う。下道だとどれくらいかかる」

「三時間から三時間半くらいです。オペレータ、中央モニターに地図を」

モニターに映しだされた地図を穣は見つめた。

「国道五一号線、鹿島灘《かしまなだ》の海岸線を通るな」

穣はオペレータに地図を拡大するように指示する。

「駐車帯がある、ここにしよう」大洗町から数キロ南に下った箇所を指さした。「公安総務と茨城県警に協力要請。海岸道路を封鎖したい」

そのとき、ミーティングテーブルの端に置いてあったジークリットのアタッシュケースがけたたましい音を立てた。驚きで綾美は椅子の上で跳ね上がり、穣は片眉《かたまゆ》を跳ね上げた。

ジークリットがアタッシュケースに歩み寄り、蓋《ふた》を開ける。モスキート音が辺りの空気を震わせるなか、ジークリットは、前に穣がベロニカと通話した受話器を取りだした。

「はい……代わります」

ジークリットが受話器を穣に差しだす。その顔からは表情が消えている。

〈大統領補佐官のリチャード・ジョーダンです。ボロージンとは密《ひそ》かに接触し、我が国への亡命を勧めてください〉

若い男の、早口だが分かりやすい英語だった。穣はとっさに綾美を見た。綾美は、驚きが収まっていないのか、ジークリットがアタッシュケースから伸びる電話を穣に渡したことを訝《いぶか》っているのか、それとも単にモスキート音が不愉快なのか、眉根《まゆね》を寄せて穣を見ている。ジョーダンの発言が聞こえている様子はない。

「どういうことでしょうか」穣は英語で答える。

〈そちらの会話を聞かせてもらいました。ボロージンは、一等書記官の公的偽装身分《オフィシャル・カバー》を持っています。手札がなくなったと知れば、抵抗せずにおとなしくなるでしょう〉

外交官であるボロージンは、外交関係に関するウィーン条約によって保護され、警察は一切の手出しができない。仮に武器密輸の現場を押さえられたとしても、堂々とその場を立ち去ることができるのだ。抵抗するよりははるかに利口な方法で、そしてボロージンは利口な男だ。

「しかし……」

〈これは、CIA情報官であるあなたに対する命令です。ここにはCIAのモレル副長官もいます。DIAのチェン中尉と協力して任務にあたってください〉

穣は受話器をジークリットに返し、ジークリットは少し受話器に耳を傾けてから、「イエス、サー」と締めくくって受話器をアタッシュケースに戻した。

「欲をかきやがって！」日本語で穣は怒鳴った。

思わぬ大声に綾美は肩を震わせ、「どうしたんです」と訊く。

穣は頭のなかで、話してよいことと話してはいけないことを素早く仕分ける。

「合衆国のお偉いさんが、ボロージンに亡命を勧めてくれと。ついては応援を呼ぶことなく俺たちだけで接触してほしいと要請してきた。チェン中尉に対しては命令のようだが」

ジークリットが冷ややかに穣を見る。「行きましょう、武田警部」

穣は立ちあがってジャケットを乱暴に手にとる。

「どうするんです」

綾美が穣の前に立ち塞《ふさ》がった。

「チェン中尉と海岸道路で張り込む。藤堂さんは美和参事官への連絡と、西条さんのサポートをよろしく。美和参事官はきっと反対しないよ、外一《そといち》もボロージンを欲しがっていたから」

「二人だけでなんて。参事官に連絡をしたら、後を追います」

「無理しなくていい。相手はボロージン一人。こちらは二人だから何とかなる」

「相手はジャベリンで武装しているかもしれないし、他の工作員がいるかもしれないんですよ。バックアップはあったほうがいいと思います」

綾美の剣幕に穣は肩をすくめ、「参事官には、合衆国からの無理強いだって説明しておいてね」と念を押して部屋を出る。

「いいの？　あの娘《こ》、本当に追ってくるわよ」

「藤堂が来る前に決着をつける」

2

警視庁のユーロコプターは、海上保安庁のスーパーピューマに比べスピードが遅い分、乗り心地はよいと聞かされていたが、西条にとってなきに等しい違いだった。離陸した瞬間から絶えず吐き気がこみ上げてくる。それでも多少の慣れはあるのか、上着のポケットの中でジッポーを握りしめて耐え、エチケット袋を使わずにすんでいた。

「いました、あのトラックです」

ヘルメット内のイヤホンを通じ操縦士の声が聞こえる。

視線を落とすと、山間《やまあい》の闇《やみ》の底に光の道が浮かびあがっている。夜間ということもあり、高速道路には大小の貨物自動車が流れているが、不思議と西条はアレクセイエフの運転するトラックを見極めることができた。

西条は手元のＰＤＡを見た。オペレータがＮシステムの通過時刻から推定したトラックの位置と、ヘリコプターの位置が重なっている。眼下のトラックで間違いないようだ。

「降下して接近しますか」

「しばらくこの高さで飛んでくれ」

西条のスマートフォンの呼出音が鳴る。操縦士にあらかじめ言われ、イヤホンに接続していた。

〈西条部長、藤堂です〉

「野郎に追いついた。関越道をまっすぐ北に走ってる」

〈こちらもヘリからの映像で確認しています。でも、班長は、アレクセイエフは囮じゃないかと考えています〉

「だろうな」

〈え、西条部長も気づいてたんですか〉

「うすうすな。奥多摩であれだけ派手にやったのに、堂々とでっかい車で高速道を走ってるんだ、何かあると思うさ。かといって、野郎を放っておくわけにはいかんだろ。囮だろうが何だろうが、あいつは俺《おれ》の獲物《えもの》だ」

〈助かります。実は班長も現場に出ちゃって〉

「ボロージンか」

〈茨城県の大洗港に向かっています。私も班長の応援に回ろうと思いますので、シチュエーション・ルームは一人だけになります〉

「何だよ、仲丸だけか。頼りないな」

〈仲丸さんは残業しない主義の人なんで、もう帰ってます〉

「じゃ、新顔か」

〈私のこと忘れてますね、西条部長〉聞き覚えのある男の声に代わった。

「これはこれは、土浦警部補殿！　もういいのか」

〈いつまでも病院のベッドで寝ているわけにはいきませんから〉

「だったら俺の代わりにヘリに乗ってくれ。お前さんがいない間に酷《ひど》い目にあった」

〈銃で撃たれるのと、どっちがいいですか〉

土浦の声が真剣だったので西条は噴きだした。

「撃たれるよりかはマシかもしれんが、こっちも目の前で爆弾が爆発したんだぞ。それより新潟東港に人員を手配できるか」

〈課長代理を通じて県警に手配します。イリーガル工作員で武装の可能性もありますし、機動隊を要請しますか?〉

「相変わらず冴えてないな、警部補殿は」

〈何でですか〉土浦は機嫌を損ねたようだ。

「あいつは囮だ。奴もそれをわかってやってる。新潟東港に着けば、お役御免だろう」

〈逃走はしないと〉

「逃げようとはするかもしれん。だが、暴れはしないだろう。こうやってあいつの上を飛んでいればわかる。あの車からは殺気を感じない」

〈何を言ってるかわかりませんが、とにかく人員の手配をします。港周辺の地図もPDAに送っておきます〉

「オペレータを使えるのか」

〈藤堂警部から一時的に権限を受けました。あと、藤堂警部から伝言があります〉

「綾美ちゃんはもう部屋を出たのか。慌ただしいこった。伝言てのは何だ」

〈アメリカ軍の無人機が西条さんたちのヘリの上を飛んでいて、トラックを見失いそうになると爆撃するそうです〉

「……中尉の差し金だな。すぐにやめさせろ、囮を爆撃してもしょうがないだろ。俺たちに当たったらどうするんだ」

〈チェン中尉は班長と一緒にいなくなったので無理です。ただ、西条さんたちがついている限り、爆撃はしないと〉

「俺はアレクセイエフのお守《も》りかよ」

西条は呆《あき》れ、ポケットの中でジッポーの蓋を鳴らした。

3

「来たわよ」

ジークリットの合図で穣は発煙筒を焚《た》き、片側一車線の道路の中央線に立つ。ＬＥＤの街灯に照らされた白いボディのトラックが近づいてきて減速する。穣は頭の上で発煙筒を振り、トラックを駐車帯へと誘導した。

ほかに通行車両はなく、午前零時を過ぎた海岸道路は静かで、ともすれば潮騒《しおさい》の音が聞こえてきそうだ。

トラックは、二人が乗ってきたＳＵＶの後ろ、街灯の真下で停車した。穣は発煙筒を持ったまま、慎重にトラックの運転席に近づく。

ジークリットも街路樹の陰から姿を現し、運転席から見えぬよう、トラック後部から助手席側に回り込む。

穣がドアを引く前に、運転席からキャメル色の作業服を着た男が下りてきた。髪を黒く染めカラーコンタクトで瞳《ひとみ》も濃い茶色に変えているが、その顔かたちはボロージンその人に違いなかった。

「警察です。荷を検査させていただきます」

穣は英語で語りかけながら、警察バッジを示した。

「私服警官一人での検問とは、異例だな」

穣はボロージンの言葉を無視し、「後ろの扉を開けてください」と指示する。

「私は在日ロシア大使館一等書記官だ。これが身分証」

ボロージンが作業服の胸ポケットからゆっくりと外務省官房儀典官が発行する外交官身分証明票を取りだし、穣に示した。

「外交官にしては妙な格好ですね。でも、あなたが外交官であることはわかっています」

穣の言葉にボロージンが笑みを浮かべる。

「ならば、私を解放したまえ。この先の大洗港に用がある」

「残念ながら、そうはいきません」

「ウィーン条約を知らないのかね」

「知ってますよ。例えば、このトラックは外ナンバーではなく、令状をとれば捜索できる」

　穣は語気を強めた。

　外ナンバーとはブループレートとも呼ばれる、日本駐在の大使館の公用車や外交官の私用車に発行されるナンバープレートのことで、外ナンバーを付けた車両の内部は外交官の身体や自宅と同じく不可侵とされる。

　豊かな髪の下で、ボロージンの瞳が発煙筒の赤い光に照らされて訝しげに煌《きら》めく。

「きみは公安ではないな。何者だ」

「あなたの密輸計画を阻止するために作られたチームの班長です。その前は、警察庁の企画課というところで係長をしてました」

　穣は、ボロージンから目を離すことなく発煙筒を道路に落とし、腰からＦＸＮ－４５を引き抜くと腹の前で両手を重ね合わせた。

「銃は必要ないはずだが」

　穣はボロージンの言葉を無視し、「トラックの後ろへ。扉を開けましょう」と促した。

　ボロージンが動かないのを見ると、穣は銃を腹の前で構えた。後ろの道路を車が通ったが、車からは銃は見えないはずだ。車はそのまま過ぎ去った。

「さあ」

「銃を突きつけて荷物を調べるのは、通常の捜査の範囲を超えていると思うが」

穣が無言でいると、ボロージンは首を振りながら歩きだした。穣はボロージンを先に歩かせてトラックの後ろに回り、ボロージンに扉を開かせる。

黒いプロテクトケースが天井まで積み上がっていた。

穣が目で数える。四行四段に積まれ、奥に二列、うち一列は上部に二箱分の空白がある。全部で三十箱、数は合う。

「結構」

穣の声に安堵《あんど》の響きが混じり、ボロージンが興味深そうに穣を見る。

「これで目的達成かね。ならば、私はここから立ち去らせてもらおう」

「それはできない。あなたと話したいという人がいる」

ジークリットが車の陰から姿を現し、「在日米軍司令部のジークリット・チェン中尉です」と穣が紹介する。

「エフセイ・ボロージン大佐。アメリカ合衆国は、あなたに亡命の機会を与えたいと思います。この申し出は、この場、この時のみ有効です」

ボロージンは驚くこともなく、鷹揚《おうよう》にうなずく。

「おそらくそういう話になるだろうと思っていた」

トラックの荷台から離れ、後ろに手を組み、ボロージンはややうつむきながら、駐車帯の中央に立つ。その立ち姿は、どことなく哲学者を思わせた。

「私は任務に失敗した。日本の制裁で本国に送り返されるだろうが、帰っても楽しいことにはなるまい」

「だったら、亡命したらどうです」ジークリットが勧誘する。「GRU大佐の亡命は、過去にも例がなかったわけではありません」

ボロージンが笑いながら顔を上げた。

「私の知識など、不要なのではないかね。こうまで見事に作戦を見抜かれては、亡命するのも恥ずかしい」

「そんなことはありません、あなたの二重三重の偽装には、ここにいるベロニカ・ノートンの息子すら踊らされた」

「ベロニカ」ボロージンが目を見開く。「極東の予言者の息子か！」

「母を知ってるのか」

「古くからのチェスの好敵手だ。極東というボードの。何度も苦杯を舐《な》めさせられたものだ。なるほど息子か。ひょっとして、このゲームにはベロニカ本人も関《かか》わっているのか」

ジークリットは答えないが、ボロージンにとってはそれで充分だったようだ。

「そうか、ベロニカめ、まんまと引っ掛けられた」

いかにも可笑《おか》しいというように、ボロージンは腹に両手を当てて体を折って笑い声を上げる。

「どういう意味だ」

穣が尋ねると、「日本の警察には知らせていないのか」とボロージンは笑いながらジークリットを見た。

「そうか息子にすら知らせないか、本当のプロだよ、きみの母親は。いいか、このジャベリンを巡る騒動は、すべてアメリカが、いやきみの母親が描いた絵図だったのだ」

穣は唖然《あぜん》として銃を下ろした。ジークリットを見ると、その顔には何の表情も浮かんでいない。美しく冷酷な仮面を見つめ、穣はボロージンの言葉が正しいとわかった。

「しかしここにあるジャベリンは最新式のはず。そんな装備をわざと流通させたのか」

「最新式というのは誰《だれ》が確かめたのだ？　本国も私も確かめる方法はない」

「じゃあ中央アジアの武器商人というのも」

「アメリカの手先だろう。最新式のレーダーミサイルと聞けば我が国が動くと睨《にら》み、餌《えさ》を撒いた。それに本国がまんまと乗ったわけだ。ああ腹が痛いよ。おそらくあの大仰な格納ケースは、万一の事態に備えた仕掛けがあるのだろう」

「我われの基地以外でジャベリンを取りだした場合、一定時間内に戻さなければ爆発するだけ」

ジークリットがにっこりと笑う。美しく冷酷な仮面の、背筋の凍る笑みだ。

「用意周到だな。さすが極東の予言者、大した狸《たぬき》だよ。狐《きつね》のコートを愛用していると聞いているから、女狐というべきか」

「あなたに亡命を勧めるためよ。日本におけるロシア諜報網《ちょうほうもう》で、これだけの案件を扱うのはあなただろうと彼女は読んでた。今のロシアにあなたは勿体《もったい》ないわ」

「光栄だね。ここまでされれば怒るに怒れない」

ボロージンは姿勢を正した。その姿は、哲学者のように達観したものではなく、腹を抱えて笑う道化のものでもなく、威厳を保ったロシア軍人のそれだった。

「いいだろう、亡命しようじゃないか」

ジークリットが満足そうにうなずき、ボロージンへと一歩踏み出そうとした。

穣は左手を突きだしてそれを制した。

「市場さんを殺したのはなぜだ。彼を殺す必要はなかったはずだ」

穣の構える銃に目をやったが、動ずることなくボロージンは答える。

「イチバ……ああ、アレクセイエフが処分してしまった男か。あれは事故だった。使い慣れない道具が思わぬ結果を招いてしまったのだ。私はこちらに寝返るよう働きかけようとしていた」

「拷問《ごうもん》したのか」

ボロージンの考えは穣にも理解できないではない。拷問という手段の是非はともかく、市場をダブルスパイに仕立て、警察に流す情報をコントロールするのは合理的だ。

「拷問というのは大げさだな。首にバンドはつけてもらったが」

「バンド……」

「実に精巧にできた道具だ。熟練の操作者ならば、伸ばすのも縮ませるのも、幅を太くするのも狭くするのも自由自在だと聞く」

——熟練の操作者ならば。やはりそうか。

市場の殺しがジョヌグリュールの仕業ではないと感じたのは、間違いではなかったと穣は納得する。しかしそうすると、バンド＝チャイナリングの使い手は複数いることになり、ジョヌグリュールを特定するのはますます難しくなる。

「部下は操作に慣れておらず、ちょっと強く締めすぎた結果、イチバは命を落とした。私としても残念だったのだよ、イチバを通じて情報を操作するつもりだったから」

「ひょっとして、ヒロ・モービルが市場さんを雇ったのはそのためだったのか」

ボロージンは直接には答えず、「彼はいろんなところで、仲のいい刑事がいると言っていたそうだ」とだけ答えた。

「海図の情報を市場さんに渡して、警察に瀬取りの場所を流すつもりだった。ところが彼が死んでしまったから、工作員を使って場所がわかる映像を会社に残した。市場さんの家を荒らしたのも、海図の信用性を高めるため。いや参ったね」

穣は銃を下ろして頭を掻《か》いた。

「中古船の売買を隠蔽《いんぺい》しようと売主の漁師を殺そうとした。荷を引き揚げたときに油断させようと砂糖を利用した簡易爆弾を使った。爆弾はどうやって海に流した？」

「本国に用意させた漁船に、漂流を計算して瀬取り予定時刻の前に流させた。荷には位置情報を発信するビーコンを使っていたので、多少の誤差は問題にならん」

「その漁船にジャベリンを回収させれば話は早かったんじゃないか。ロシア本国に持ち帰らせて、サハリンから北海道に持ちこめばいい」

「私もそうしたかったが、命令が下りてきたときにはすでに日本に向かうコンテナ船に積まれる手はずになっていた。私には日本側の通関業者と荷受人を指定するくらいしかできなかったのだ。アメリカの策謀だったとわかった今では、不思議でも何でもないが」

　亡命の意思を固めたためか、ボロージンの舌は滑らかだ。

「イーゴリ・アレクセイエフはGRUのNOCで、あなたの部下。彼は今、囮として関越道を走ってる」

「何のことかわからん」

「とぼける必要はない、もう終わったんだから」

「奴には奴の任務がある。それを全うさせてやるべきとは思わんかね。任務完了、そのひと言は、ことに彼のようなNOCにとって重要なのだ」

　――お前にNOCの何がわかる。何もわかっちゃいまい。

穣は怒りにかられたが、それを押し殺し、

「彼の上には無人機が飛んでいて、ひょっとすると爆撃されるかもしれない。今トラックを停《と》めれば、少なくとも爆撃されることはなくなる」

と提案する。

「彼の命を心配しているのか」

ボロージンが首を傾《かし》げる。驚いたというより、興味深いといった表情だ。

「大佐は平気なのか。上司だろう」

「感情の問題ではない。任務を全うする、という話だ」

「意味のない任務だ。中止しろ」

「純粋なんだな。そういった純粋さは嫌いではない」

ボロージンは微笑《ほほえ》み、ジークリットを見る。「さて、行こうか。どこか落ち着いたところで亡命の条件について話し合いたい」

「待て。アレクセイエフを止めるんだ。それにまだ聞きたいことがある。ヒロ・モービルの社長と、千駄秀生についてだ」

「これだけ話してやったのだから、きみはもう満足すべきだ。優秀な日本の警察官に対する、私からの贈り物だよ。それに杉橋社長は中古車密輸の常習犯だし、秀生はギャンブル依存症で金欲しさに罪を犯す犯罪者だ。きみもさして心は痛まないだろう」

「違う。杉橋は従業員を養っていた経営者で、千駄は未来のある二十五歳の若者だった。市民を殺した罪は重い。それに、外房の倉庫では警察官が一人亡くなっている。おまえらが仕掛けた爆弾でな」

「あのトラップで死人が出たのか。指揮官が無能だったな」

「僕だよ、その無能は。署への任意同行を求める」

穣は右手に持った銃をボロージンに突きだした。

「外交特権を行使する」ボロージンは銃に目をやることもなく答える。「きみは私の行く手を妨げることはできない」

「ジョー、銃を下ろしなさい。彼を基地に保護する」

ジークリットが、穣の左手を優しく摑《つか》む。

「大物スパイだと？　こいつは人殺しだ。この国で何人の命を奪ったと思っている」

穣はジークリットの手を振り払って右手に添える。

「ジョー！　いい加減にして！」

フロントサイトの向こうにボロージンの眉間を捉え、穣は人差し指をトリガーガードに差し入れた。

ボロージンの顔が恐怖に歪《ゆが》み、銃口から逃れようと大きく仰《の》け反《ぞ》る。

そのまま数秒が過ぎた。

「なんてね」

穣はトリガーから人差し指を離した。一歩、二歩と後退して銃をジークリットに渡す。

「さっさと連れてけ。僕の気が変わらないうちに」

穣がいうと、ボロージンの頬《ほお》が緩んだ。

ジークリットも安堵の息を吐き、ボロージンに向けて今度こそ一歩踏み出す。

ボロージンの顔が弾《はじ》けた。

血とも脳漿《のうしょう》ともつかない液体でジークリットの服が汚れ、ボロージンの体が回転しながら崩れ落ちる。

その動きで穣はボロージンが狙撃《そげき》されたのだと気づき、呆然《ほうぜん》としているジークリットを道路に引き倒した。道路にぶつかる衝撃でジークリットが我に返り、穣から渡された銃を虚空に構える。

「無駄だよ」

穣は弾が飛来した方角に見当をつけると、這《は》いながらジークリットを引いてトラックの下に入りこむ。

「銃だけで狙撃兵には勝てない」

「でも、このあたりは平地よ。狙撃できるような場所はないはず」

「海岸道路沿いに、電波塔や携帯基地局の鉄塔が並んでいる。高さは五十メートル以上。

勝ち目はないから、じっとしておいたほうがいい」

二人が起き上がったのは、ボロージンが倒れてたっぷり十分以上が経《た》ってからだった。

4

「仕留めた」

ジョヌグリュールは、望遠スコープごと狙撃銃をゾゾンに渡した。五十メートルのアングル鉄塔の先端近く、水平材にポータレッジを掛け、二人並んで腹這いになっている。

「殺す必要があったのか」

「すぐにあの場所を離れるようなら、何もしませんでした」

慎重に体を起こす。穣たちが隠れたトラックのあたりに動きはない。怖がって身を伏せているのだろう。動くなら今だった。

「アメリカは彼を亡命させようとしていました。彼は長々と武田と話しこみ、最後はチェンが彼に歩み寄った。だから亡命の可能性ありと判断して射殺したのです。何か問題でも」

「ボロージンはGRU大佐だ。勝手に処分するには大物すぎる」

ゾゾンは慣れた手つきで狙撃銃を分解し、ギターケースを模したガンケースに納め、ジヨヌグリュールに続いて体を起こす。

ジョヌグリュールはふんと鼻を鳴らした。

「私には防諜《ぼうちょう》の役目も与えられています。他国に亡命しようとする裏切者を処分するのも、私の任務の一つ」

それに、とジョヌグリュールは続けた。

「ボロージンは私たちの顔を知っています。そんなやつをアメリカに渡すわけにはいきません。あなたがアレクセイエフを始末するのも、同じ理由からでしょう」

漆黒の服を着たゾゾンが肩をすくめ、ジョヌグリュールはふんとまた鼻を鳴らす。

二人はポータレッジを畳んで鉄塔の梯子《はしご》を下り、車まで走って戻った。海岸線から少し内陸に入ると畑が広がり、ところどころに林があって民家は疎《まば》らだ。周囲からの視線が木々に阻まれる路地に、中型バイクとシルバーのセダン型普通自動車が停めてある。

ジョヌグリュールは、黒いツナギを脱いでゾゾンに渡し、パンツスーツ姿に戻ると静かに車に乗りこんだ。

「私はこれから二人のところに行きます」

「わかった。武田には気をつけたほうがいい」

ゾゾンはポータレッジとツナギをギターケースに押しこみながらいい、それを背負ってバイクに跨《また》がる。

ゾゾンの真剣な口調が、ジョヌグリュールには可笑しく感じられた。

「チェンではなく？」

「ＤＩＡに気をつけるのは当たり前だ。きみは武田を甘く見ている気がする」

「そんなことはありません」

いいながら、自然と顔がほころぶ。これにはジョヌグリュール自身も戸惑った。

「しかし仮にそうだとしても、なぜ彼のことを警戒する必要があります。公安でもない警察庁の係長ですよ。頭がいいのは認めますが、お調子者のところもありますし」

弁解するジョヌグリュールに、ゾゾンは懸念のこもった目を向ける。ジョヌグリュールはなぜか恥ずかしさを覚えた。

「ゾゾン、あなた、彼に撃たれて過敏になっているのでは」

会話の主導権を取り戻そうとジョヌグリュールはいったが、ゾゾンは笑うことなく顎《あご》を引いた。

「だったらいいが、武田は仰向けの姿勢ですべての弾を俺に当てた。訓練を受けていなければできないことだ」

「そんな射撃姿勢、警察では教わりませんが」ジョヌグリュールは首を捻《ひね》った。

「だから気をつけろと言っている」

「わかりました。そろそろ行かないと」

ジョヌグリュールはルームミラーを一瞥《いちべつ》し、髪も化粧も乱れていないことを確認した。実際、汗一つかいていない。

「忘れるな。イーゴリに起きることは、俺たちNOCにいつ訪れるかもわからない末路だ。幸運を、綾美」

「あなたにも幸運を、ゾゾン」

5

トラックが関越道から北越道《ほくえつ》に、北越道からさらに日本海東北道《にほんかいとうほく》に入ったところで、西条は新潟東港の近くでアレクセイエフを待つことにした。

新潟県警航空隊基地にヘリを下ろし、待ち構えていた県警警備部の人間たちと車二台で新潟東港に向かう。県警警察官の提案で、豊栄《とよさか》新潟東港インターチェンジから新潟東浜港へと延びる県道四六号線にある橋のたもとでトラックを停めることにした。

午前一時近くという時間もあってか、交通量はほとんどない。西条たちは側道に車を停め、トラックが見えるのを待った。

西条たちが待機してから数分と経たず、トラックが現れた。片側二車線の左側車線を、ゆっくりと走ってくる。上空からとはいえ、四時間にわたって見続けた車両を見間違えるはずもなかった。

西条の合図で、車二台でヘッドライトをトラックに向けて車線を防ぎ、赤色灯を点《つ》ける。西条は車を降り、一人で車の前に立った。万が一、アレクセイエフが発砲したときのために、県警の人間は車の後ろで待機させる。

トラックがヘッドランプを消し、西条の一〇メートルほど手前の橋の上で停車する。エンジンも止まった。県警車両のヘッドライトに照らされ、アレクセイエフの顔がはっきりと見える。笑みを浮かべていて、どこか晴れやかな印象を西条は受けた。

アレクセイエフはゆっくりと両手を上げて何も持っていないことを示し、ハンドルの上にそっと置いた。抵抗の意思はないらしい。

「イーゴリ・アレクセイエフ！　降りてこい！」

西条が大声でいうと、運転席でアレクセイエフがうなずいた。シートベルトを外す。ドアを開ける。

爆発が起きた。

爆風で西条は県警車両のボンネットに叩《たた》きつけられる。打撲の痛みに呻《うめ》きながら体を起こすと、トラックの運転席部分が炎を上げていた。運転席のドアは開き、フロントガラスはきれいになくなっているが、車体そのものは原形をとどめている。爆撃されたのではなく、車内から爆発したのだ。

「嘘《うそ》だろ……どうなってんだ」

西条は運転席に近寄ろうとしたが、炎の熱に押し返される。運転席にぴくりともしない人の影が見えた。

「ちきしょう」西条は呟《つぶや》いた。「手錠を掛けそこなったじゃないか」

運転席で暴れる炎とフロントガラスから立ち昇る黒煙を見上げ、叫んだ。

「ちきしょう!」

第六章　カッコウ、異動する

1

「これ、お見舞い」

穣は、サイドボードにイチゴのパックを載せた。

西条はベッドで上半身を起こし、イチゴを眺める。

「班長、自分が食べたいから持ってきたな」

「わかる？」

「ラップがとってあって洗ってあれば、嫌でも気づく」

「そりゃそうだね」

西条は外房に続いて新潟でも爆風を受けたため、ヘリで東京に戻った後に病院で検査を受けた。奥多摩のときと同じ病院で、顔見知りとなった医師は呆《あき》れたように頭を振った。

検査の結果、上腕骨や肋骨《ろっこつ》にひびが見つかり、本人の申告よりも身体の受けた衝撃は大きかったと判断され、そのまま入院して精密検査を受けることになった。美和が手を回したのか、個室が西条には与えられている。

「これで終わりなのか」

「終わりだね」

穣が丸椅子《まるいす》に座り、窓の外を見る。西条もつられて見ると、真っ赤な夕陽《ゆうひ》が街の向こうに沈むところだった。緋《ひ》色に染められた病室の中で、白いサイドボードに載ったイチゴの瑞々《みずみず》しい赤が際立つ。

「手錠《ワッパ》は掛けれなかった」

「仕方ないよ。運転席の下に爆弾が仕掛けてあったんだから。時限式との組み合わせで、日付が変わってからドアを開けると爆発する仕組みになってたって」

「ボロージンが仕掛けたのか」

「どうかな。ロシア側の仕業だと思うけど、話したときの印象では、ボロージンがアレクセイエフを殺したと考えるには違和感がある。ボロージンも暗殺されたし」

「チェンと一緒に、ボロージンと対決したんだって」

「対決というのは大げさかな。お話ししただけ」

「何の話をしたんだ」

穣はイチゴを一つ手にとり、ヘタをとって口に放《ほう》りこんだ。咀嚼《そしやく》しながらティッシュを一枚とり、ヘタを包む。

「答える気はないってか」

西条もイチゴに手を伸ばしたが、肋骨に痛みが走り顔をしかめる。

「なあ班長よ、あんた、ボロージンを捕まえようとしたか」

穣はイチゴを飲みこんでから、「外交官は逮捕できません」と答えた。

「逮捕とかそんなんじゃなく、殺人者を捕まえようとしたかって聞いてるんだ」

穣は二つ目のイチゴを手にとったが、今度は口に入れずに手のひらに転がした。そんな穣を見ながら西条は続ける。

「杉橋社長は行方不明のままで、市場と千駄秀生、松野隊員が殺された。ところがその犯人のボロージンとアレクセイエフも殺された。つまり、いちばん悪い奴《やつ》はまだ残ってるってこった。違うか、班長」

「違わないだろうね」

「なあ班長、いや穣さんよ、あんた、日本の警察官としてこの事件を解決しようとしたかい」

「何のこと？」

「河村に言われた。あんたはアメリカの回し者かもってな。アメリカはミサイルさえ回収できれば、日本人が何人殺されようが知ったこっちゃないんだろ。あんた、どっちの味方だ。どういうつもりで捜査にあたってたんだ」

穣は西条を見つめ、口を広げて「カッコウ」と鳴き、笑顔を作る。西条はその笑顔に、なぜか寂しさを感じた。

「じゃあ」

穣は一粒のイチゴを持って部屋を出ていった。

2

「オペレータにはバックドアがあり、アメリカはいつでも情報を抜き取れると、藤堂警部から報告が上がっています」

警視庁庁舎の一四階にある公安部参事官室で、河村は美和に報告した。

「想定の範囲内です。そのバックドアを塞《ふさ》ぐべく、東大先端技術院から仲丸准教授を招聘《しょうへい》したのですから。彼が昼夜を問わず働いてくれたおかげで、バックドアの在《あ》り処《か》はもう突き止めてあります」

「封鎖しますか」

「いえ、まだ早い。あちらはまだ、こちらが突き止めたとは思っていないでしょう。いずれ切り札として使えます」

「では、調査班はこのままですか」

「全員、正式に公安部に異動させます。調査班は調査室に格上げ、武田警部を警視に昇進させて室長とします」

「昇進はいかがなものでしょう。彼らの調査のために公機捜の隊員が死んだと、公安部内に広まっています」

「あの事件は、窃盗《せっとう》車両の見分中に倉庫に残されていたガスボンベが爆発した、と公表しています。公安部にとってはそれ以上でもそれ以下でもなく、他の事実が流布《るふ》されることは認めません。今後、違う事実を口にしたものは全員異動させてください」

美和参事官が事務的な口調になったときは、反論の余地はない。河村は一礼しながら、

「何に使うんです、彼らを」と尋ねた。

「河村さん、日曜大工はされます？」

突然の質問に河村は内心戸惑いつつも平静を装い、「いえ、ほとんど」と答える。

その返事を無視し、美和は、

「釘抜《くぎぬ》きのついた金槌《かなづち》を見たことは」

と訊《き》いた。

「それぐらいなら、ええ、あります」

「英語では『クロー・ハンマー』というそうです。釘を抜いて、打ちこむ。便利な道具ですね」

美和が机に視線を落とし、書類を読み始めた。河村はまた一礼し、退室する。

「クロー・ハンマーだと。終わったと思っていたが」

誰《だれ》もいない廊下で、河村は呟《つぶや》いた。


日本政府はロシア大使館に対し、エフセイ・ボロージン一等書記官の遺体が発見されたと非公式に通知するとともに、イーゴリ・アレクセイエフなる人物についてロシア連邦国籍があるかを照会した。

ロシア大使館は、ボロージンはすでに日本を出国しているとして遺体の確認を拒否し、アレクセイエフなる人物についてもロシア連邦国民に該当する者はいないと回答した。

二〇二二年四月八日、日本政府はウクライナ侵攻に対する制裁措置として、ロシア政府に対し、大使館及び通商代表部職員ら八名について国外退去を要請し、八名は二十日までに全員出国した。

【参考文献】

『CIAの秘密戦争　変貌する巨大情報機関』　著：マーク・マゼッティ／監訳：小谷賢／訳：池田美紀　早川書房
『CIA秘録　その誕生から今日まで』（上下）　著：ティム・ワイナー／訳：藤田博司・山田侑平・佐藤信行　文藝春秋
『NOC――CIA見えざる情報官』　著：豪甦／訳：金連縁　中央公論新社
『対テロ工作員になった私　「ごく普通の女子学生」がCIAにスカウトされて』　著：トレイシー・ワルダー／ジェシカ・アニャ・ブラウ／訳：白須清美　原書房
『日本を愛したスパイ』　著：K・プレオブラジェンスキー／訳：名越陽子　時事通信社
『わたしはCIA諜報員だった』　著：リンジー・モラン　訳：高山祥子　集英社
『警視庁公安部外事課』　著：勝丸円覚　光文社
『公安は誰をマークしているか』　著：大島真生　新潮社
『刑事捜査バイブル』　監修：北芝健／著：相楽総一　双葉社
『図解即戦力　貿易実務がこれ1冊でしっかりわかる教科書』　著：布施克彦　技術評論社

『ハンドガンの撃ち方　最新拳銃射撃術』編：ホビージャパン編集部　ホビージャパン
『図解入門　最新　ミサイルがよ～くわかる本』著：井上孝司　秀和システム

本書はハルキ文庫の書き下ろしです。
本作品はフィクションであり、実在の場所、団体、個人とは一切関係ありません。

Haruki Bunko
ハルキ文庫

た 28-1

ジャベリン・ゲーム サッチョウのカッコウ

著者 田《た》村《むら》和《かず》大《ひろ》

2023年 2月18日第一刷発行

発行者 角川春樹

発行所 株式会社角川春樹事務所
〒102-0074 東京都千代田区九段南2-1-30 イタリア文化会館

電話 03(3263)5247(編集)
03(3263)5881(営業)

印刷・製本 中央精版印刷株式会社

フォーマット・デザイン 芦澤泰偉
表紙イラストレーション 門坂 流

ISBN978-4-7584-4541-2 C0193 ©2023 Tamura Kazuhiro Printed in Japan
http://www.kadokawaharuki.co.jp/[営業]
fanmail@kadokawaharuki.co.jp[編集] ご意見・ご感想をお寄せください。